書下ろし

邦人救出

傭兵代理店・改

渡辺裕之

祥伝社文庫

目次

『邦人救出』関連地図
トルクメニスタン
カブール
アフガニスタン
イラン
イスラマバード
中華人民共和国
バンバコット村
パキスタン
サウジアラビア
インド
カブール国際空港
エアポート・ロード
バロンホテル
ベルギー大使館
在アフガニスタン日本大使館
トルコ大使館
ザザイ邸
英国大使館
米国大使館
カナダ大使館
サフィ・ランドマークホテル
アルグ
カブール中央警察署
グリーンゾーン
←カラ
カブール

各国の傭兵たちを陰でサポートする。
それが「傭兵代理店」である。
日本では防衛省情報本部の特務機関が密かに運営している。
そこに所属する、弱者の代弁者となり、
自分の信じる正義のために動く部隊こそが、“リベンジャーズ”である。

【リベンジャーズ】

藤堂浩志 ………………「復讐者（リベンジャー）」。元刑事の傭兵。
浅岡辰也 ………………「爆弾グマ」。浩志にサブリーダーを任されている。
加藤豪二 ………………「トレーサーマン」。追跡を得意とする。
田中俊信 ………………「ヘリボーイ」。乗り物ならば何でも乗りこなす。
宮坂大伍 ………………「針の穴」。針の穴を通すかのような正確な射撃能力を持つ。
瀬川里見 ………………「コマンド1」。元代理店コマンドスタッフ。元空挺団所属。
村瀬政人 ………………「ハリケーン」。元特別警備隊隊員。
鮫沼雅雄 ………………「サメ雄」。元特別警備隊隊員。
ヘンリー・ワット ……「ピッカリ」。元米陸軍デルタフォース上級士官（中佐）。
マリアノ・ウイリアムス …「ヤンキース」。ワットの元部下。黒人。医師免許を持つ。

【ケルベロス】

明石柊真 ………………「バルムンク」。フランス外人部隊の精鋭“GCP”出身。
セルジオ・コルデロ …「ブレット」。元フランス外人部隊隊員。狙撃の名手。
フェルナンド・ベラルタ …「ジガンテ」。元フランス外人部隊隊員。爆弾処理と狙撃が得意。
マット・マギー ………「ヘリオス」。元フランス外人部隊隊員。航空機オタク。

池谷悟郎 ………………「ダークホース」。日本傭兵代理店社長。防衛庁出身。
土屋友恵 ………………「モッキンバード」。傭兵代理店の凄腕プログラマー。
森　美香 ………………元内閣情報調査室情報員。藤堂の妻。
片倉啓吾 ………………外務省から内閣情報調査室に出向している役人。美香の兄。

プロローグ

二〇二一年八月二十六日、午後六時、カブール。

ピックアップトラックに重機関銃を装備した二台の〝テクニカル〟が、とある広場の出入口を塞いでいた。

邦人と大勢のアフガニスタン人を乗せた無数のバスが、広場には停められている。タリバンの民兵は、バスの通行を妨害しているのだ。

藤堂浩志はタリバン兵の前に立ち、睨み合いをしていた。傭兵仲間を密かに配置し、アサルトライフルでタリバン兵を狙わせている。民兵らがテクニカルを移動させなければ、実力行使するつもりだ。

バスの出発時間は迫っており、いつまでも彼らに構っているつもりはない。退避する人々を一刻も早くカブール国際空港に送り届けなければならないのだ。

轟音！

凄まじい爆発音が大気を揺るがした。

「何！」

浩志は爆発音に反応し、タリバン兵から目を逸らした。北の方角に巨大な黒煙が上がっている。

「空港の近くだ。自爆テロかもしれない。行くぞ！」

タリバン兵は血相を変えてテクニカルに乗り込んだ。彼らもテロを恐れているのは同じである。テクニカルは砂煙を上げ、走り去った。

「空港でなければいいんですが」

傍に立っていた片倉啓吾が、困惑した表情で呟いた。彼は政府職員として作戦をサポートしているだけに不安なのだろう。バスの目的地である空港が襲撃されたのなら閉鎖される可能性があるからだ。

「こちらリベンジャー。コマンド1、応答せよ」

浩志は無線で傭兵仲間の瀬川里見を呼び出した。瀬川が率いるチームはカブール国際空港に近い場所で待機している。

——大変です。空港の近くで爆発があったようです。

瀬川の声が裏返っている。紛争地での活動に慣れている男が動揺しているらしい。それほどさきほどの爆発は凄まじかった。

「空港の中か？」

浩志は眉間に皺を寄せ、黒煙を見つめた。

——たぶん外でしょう。爆撃ではなく、自爆テロだと思います。爆風を我々も感じました。とてつもなくでかい爆発です。周辺はパニック状態になっています。

「爆発地点の情報を集めてくれ」

命じた浩志は歯軋りした。

アフガンの憂鬱(ゆううつ)

1

二〇二一年八月十三日、午前九時三十三分。カブール国際空港。

UAE（アラブ首長国連邦）の国旗と同じ赤、緑、黒の三色の帯が尾翼にデザインされたエミレーツ航空のボーイング777が、滑走路に降り立った。

ドバイ国際空港を午前六時五十四分に発(た)ち、二時間四十分のフライトである。新型コロナの流行にもかかわらず、座席は半数ほど埋まっていた。ただ、乗客に女性や子供の姿はない。

藤堂浩志は機体が停止すると、窓から空港の様子を窺(うかが)った。

カブール国際空港は、撤退する米軍にとって最後の砦(とりで)である。

空港の北側にある格納庫近くに米軍の大型輸送機C－5、ギャラクシーが駐機していた。後方にメインローターやテールローターが外された大型輸送ヘリCH－53が停めてある。周囲では大勢の兵士が作業をしていた。これからCH－53を積み込むのだ。米軍の撤退はハイスピードで進められている。

「やっと着きましたね」

通路を隔てて隣りに座っている片倉啓吾は、大きく息を吐いた。長時間のフライトで疲れているのだろう。

「これから始まるんだ。気を抜くなよ」

立ち上がった浩志は、収容棚から自分のバックパックを下ろした。

「中東は慣れているはずなのに、緊張して眠れませんでした」

啓吾は強張(こわば)った表情で答えた。彼は内閣情報調査室の分析官で、専門は主に中東である。英語、フランス語、ドイツ語、アラビア語、パシュトー語などを話せる多言語話者で、その才能を活(い)かして外務省にいた。だが、数年前に内閣情報調査室へ出向している。

啓吾はタリバンが跋扈(ばっこ)する不安定なアフガニスタンの情勢を現地で調査分析し、国に報告する任務を帯びていた。しかし、現地で警備員を雇うのではなく、傭兵代理店を介して傭兵の浩志と彼の仲間を日本から同伴する形を取っていた。

浩志が率いる傭兵特殊部隊〝リベンジャーズ〟は、業界屈指の戦闘力を備えているからだ。だが、最大の理由は、現地で何ができるのか、見当も付かないほど現在のアフガニスタンは混沌としているためである。

浩志と啓吾は、これまでも一緒に仕事をしたことがある。また啓吾は、浩志の妻である森美香の実兄ということもあり、気心は知れていた。もっとも、互いに忙しい身なので、プライベートで会うことはほとんどない。

予算が限られているため、浩志は〝リベンジャーズ〟の仲間を三人だけ選んだ。他にも六人のメンバーがいるが、米国在住の二人を除いてアフガニスタンでの経験値が高い者を選び出した。

爆弾の専門家で〝爆弾グマ〟のコードネームを持つ浅岡辰也、狙撃のプロフェッショナル〝針の穴〟こと宮坂大伍、オペレーターのプロフェッショナル〝ヘリボーイ〟こと田中俊信である。浩志も含め、三人とも公用語のパシュトー語だけでなく、アラビア語の会話もできる。

啓吾は、現地での聞き込み調査のほか、知人である地元の情報屋や他国の軍隊からも情報収集するそうだ。これまでは米軍の護衛も要請できたが、撤退中の彼らに期待はできない。また、米軍では基本的にカブール国際空港外での兵士の活動を禁じていた。

紛争地での活動にもかかわらず予算が限られているのには理由がある。上層部から命じられた任務ではなく、啓吾が自分で調査出張を申請したからだ。二週間前から申請を出しており、一週間前に浩志に護衛を依頼するなどして、準備を整えてきた。

二〇二一年四月十四日、ジョー・バイデン大統領が、米同時多発テロから二十年を迎える九月十一日までにアフガニスタンから駐留米軍を完全撤退させると宣言した。

　これは前年二月にドナルド・トランプ前政権とタリバンとで結ばれた和平合意による五月一日の完全撤退期限を先延ばしにするものであった。だが、二月以降、タリバンは和平合意を無視して各地で攻撃を急増させている。

　アフガニスタンには四月の段階で、一万二千人の米軍が駐留していたが、トランプは五月の期限前に二千五百人にまで減らし、完全撤退はタリバンが合意を遵守しているか見極めてからという条件を付けていた。だが、バイデンは、無条件で九月十一日までに完全撤退すると宣言したのだ。そのためタリバンはさらに勢いづき、アフガニスタン軍の士気は急速に衰えていた。

　また、八月六日にアフガニスタン全三十四州のうち南西部の州都の一つを制圧したのを皮切りに、八日には北部クンドゥズ州とサリプル州、タハール州の三つの州都を制圧するなど攻勢を強めている。

　このままでは、九月を待たずして現政権は崩壊すると啓吾は危機感を持ち、内調だけでなく外務省のアフガニスタンを所轄する中東アフリカ局にも正式な調査を要請してきた。タリバンが政権を握れば、旧政権の関係者は処刑され、外国人も容赦なく攻撃されるだろう。治安が悪化したアフガニスタンでは、もはやまともな外交や援助活動はできなくなるのだ。

そうなれば、現地の日本大使館やＪＩＣＡ（国際協力機構）などの日本人職員や現地スタッフは早急に脱出する必要があるだろう。だが、政府関係者は米軍が完全撤退するまでは安全だと、啓吾の打診に首を横に振るばかりで聞き入れる者はいない。政府に危険を知らせるには証拠となる情報が必要なのだ。

啓吾は焦るばかりだったが、八月十一日に複数の米メディアが「タリバンが九十日以内にカブールを制圧する可能性があると米当局は見ている」と報道したことで多少風向きが変わり、調査出張の許可が下りた。だからといって上層部が状況を理解しているわけではなく、米メディアの報道が啓吾の後押しをしたに過ぎない。

啓吾はその日のうちに出発の準備を終え、翌日の十二日に出発した。限られた予算を最大限に使って浩志らを雇っている。最大限と言っても往復の交通費と宿泊費ほどの料金で、仕事に見合う金額ではない。だが、啓吾を一人で行かせるわけにもいかずに浩志は引き受けたのだ。

アフガニスタンの情勢については浩志も啓吾と同意見であり、自分でも確かめたかったということもある。そこで啓吾には内緒で、浩志が自腹で仲間の報酬を支払っていた。むろん辰也らもそれは知らない。

「二人とも先に降りますよ」

浩志が通路に出ようとすると、辰也が強引に通路を進んでいく。紛争地でこそ傭兵は必要とされる。それだけに張り切っているようだ。

「到着ロビーにいます」

宮坂にも抜かされた。彼も久しぶりのアフガニスタンで興奮しているらしい。

「張り切りすぎですね」

田中が立ち止まって通路を開けた。顔だけでなく、年寄り臭いと言われているだけに、この男は落ち着いている。

「水を得た魚(うお)だな」

浩志は鼻先で笑ってバックパックを肩に掛けた。

2

午前十時二十分。カブール国際空港。

浩志らは、空港ビルから近いアビーゲートと呼ばれる空港東側の検問所を徒歩で目指す。空港へのタクシーの乗り入れを禁止しているのか、乗り場に一台も停まっていなかったのだ。

道の両側にコンクリート擁壁が連なるエアポート・ロードを歩いた。上部に有刺鉄線が張り巡らされており、圧迫感がある。まるで刑務所の中を歩いているようだ。城壁のように全面をコンクリート擁壁で囲まれたゲートに出ると、その理由が分かった。

数十人の米兵がＭ４を構えて立っており、車止めの向こうに出国するためなのか市民が百人以上いるのだ。一人一人身体検査をし、パスポートを確認している。車が入れるような状況ではない。

ゲートの車止めや米軍のハンヴィーの傍を抜け、人垣を掻き分けて空港を出ると、車体が白と黄色にカラーリングされたタクシーが何台か道沿いに停まっていた。

二台に分乗し、浩志は啓吾と乗り込んだ。

「ワジル・アクバル・ハーン・ロード、公園の前で停めてくれ」

啓吾は流暢なパシュトー語で言った。

「今時、帰国するなんてどんな用事があるんですかね？　外国の方が絶対安全なのに」

タクシーの運転手がバックミラー越しに尋ねてきた。啓吾をアフガニスタン人だと思っているようだ。サングラスを掛け、無精髭を生やしているので日本人には見えないのだろう。啓吾と美香の母親はロシア系のため、二人とも彫りが深い顔をしているのだ。

「私は日本人です。この国が今どうなっているのか調べに来たんです。街の様子はどうですか？」

啓吾は正直に答えた。タクシーの運転手からも話を聞こうとしているのだろう。

「どうって言われても不安はあるけど、変わりはないさ。それより、本当に二人とも日本人なのかい？　隣りの旦那も？　冗談でしょう？」

運転手は振り返って浩志の顔を見た。浩志はサングラスだけなく愛用のパコール（アフガン帽）を被っており、日に焼けた顔はこれまでもよくアラブ系に間違えられた。

タクシーはエアポート・ロードを南に向かっている。カブールは二年ぶりだが、街並みは驚くほど綺麗になっていた。道路の両脇にはパラソルを出した露店が数多く出ており、街はまだ平静を保っているらしい。

十分ほどでタクシーは、ワジル・アクバル・ハーン・ロード沿いにある公園の前で停まった。後続の辰也らが乗ったタクシーもすぐ後ろに付けられた。エアポート・ロードは人通りがあったが、この通りは閑散としている。

気温は三十二度、乾燥しているので日陰に入れば暑さは気にならない。だが、午後には三十五度前後になるだろう。

「この辺りは、カブールでも高級住宅街なんです」

先に降りた啓吾は、周囲を見渡しながら言った。空港で作業服のような地味な服装に着替えている。平穏に見えても、いつテロが起きるか分からない。この国で生き抜くには目立たないことである。

「近いのか？」

浩志も油断なく辺りを窺いながら尋ねた。

啓吾は日本大使館に行く前に知り合いの情報屋に立ち寄りたいという。そこで情報を得るだけでなく、車や武器が揃えられるというのだ。武器はカブールの武器商人より安く借りられるというので任せていた。

以前、カブールで傭兵代理店を営んでいた男が引退して経営権を社員に譲った後、自らは規模を縮小して武器商になっていた。浩志は新しいオーナーも知っているが、彼に義理はない。啓吾が紹介する人物から満足な武器が得られないなら、旧知の武器商から買うまでだ。

「ここから百五十メートルほどです。先方には空港で到着を知らせてあります」

啓吾は公園の先にあるモスクを通り越し、左に曲がった。街路樹がある通りで、右手に屋敷と呼べるような大きな家が続いている。

角を曲がって数十メートル進み、啓吾はとある屋敷の前で立ち止まった。周囲を窺いながら門のカメラ付きインターホンを押した。シャッターが下りた大きなガレージがあり、その隣りに二階建てのコンクリート製の家があった。窓には頑丈そうな鎧戸が閉められている。周辺の家もだいたい同じような造りをしており、住人が金持ちであることは間違いない。タクシーを家の前に付けなかったのは、運転手にもこの場所を知られたくなかったからだろう。

玄関からアフガニスタンの民族衣装である白のペロン・トンボン姿の男が駆けてきた。男は無言で鉄製の門扉を開けると、右手を忙しなく振る。

啓吾は振り返って浩志らに頷いてみせると、走って玄関のドアを開けた。浩志らも急いで家の中に入ると、啓吾がさきほどの男と一緒に入って来た。

「ミスター・カタクラ、ザザイ様がお待ちです」

男は奥の部屋を指差した。

「ありがとう、カイム。ミスター・ザザイに、友人を紹介したいんだが」

啓吾は浩志らを見て言った。浩志らにカイムを紹介しないのは、彼が使用人だからだろう。

「すみません。ザザイ様はお急ぎです。あなただけにお会いするとおっしゃっています」

カイムは落ち着きがない様子で答えた。どこかに出かけるのかもしれない。

「分かった」

啓吾は浩志らに苦笑を見せると、廊下の奥にあるドアを開けて中に入った。

「それでは、皆様はここでお待ちください」

カイムは啓吾を追うように廊下の奥のドアの向こうに消えた。

二十平米ほどある玄関ホールは大理石が敷き詰めてあり、天井にはシーリングファンが回っている。室内はひんやりとしており、汗が引く。

「地元の傭兵代理店に行った方が、よかったんじゃないですか?」

辰也が室内を見回しながら呟いた。

「急ぐ必要はないだろう」

宮坂は欠伸をしながら言った。

「見てください」

田中は玄関ドア横の金属製の板を調べていたらしく、留め金を外して動かした。スライドさせて玄関ドアの後ろに被せる仕組みになっている。

「鋼鉄の防弾壁か」

辰也が笑った。紛争地ではたまに見かける構造物だ。ロケット弾は無理だが、アサルトライフルの銃弾なら防ぐことができるだろう。

奥のドアが開いた。

「皆さん、来てください」

ドア口で啓吾が声を上げた。

ただならぬ雰囲気に、浩志らは急いで奥の部屋に入る。

四十平米はある応接間で、裏庭が見える窓際の椅子に中年の男が座っていた。

「こちらは、ミスター・アブドゥル・ザザイです。藤堂さん、時間がないので、皆さんの紹介は割愛させてください。今からミスター・ザザイは、カブール国際空港に行き、国外へ脱出します。皆さんは武装して護衛をお願いします」

啓吾が早口で言うと、ザザイが立ち上がった。

「了解」

浩志は鋭い目付きで頷いた。

3

二台のハイラックスが、ワジル・アクバル・ハーン・ロードを走る。

一台目は辰也がハンドルを握り、助手席に浩志、後部座席に啓吾が座っていた。後続のハイラックスはカイムが運転し、助手席にザザイ、後部座席にザザイの妻と二人の娘が乗り込んでいる。宮坂と田中はその荷台に乗っていた。

ザザイの家のガレージに案内された浩志らは、壁際に立てかけてあったＡＫ47で武装した。スナイパーである宮坂はスコープが取り付けてあるＭ４を選んだ。拳銃はベレッタＭ９も持ち出している。どちらも米軍がアフガニスタン軍に支給した武器で、横流しされたものだろう。

武装した上で、日本から持参した無線機を装備してガレージに置かれていた二台のハイラックスに乗り込んだのだ。

「それにしても、豪邸を手放して海外に脱出するなんてよほどのことですね」

辰也が沈んだ声で言った。

「命には代えられない。それに娘の将来を考えたら、選択の余地はなかったのだろう」

浩志はバックミラー越しに意気消沈する啓吾を見た。情報源としてザザイをあてにしていたらしいが、再会した早々出国すると聞いて出鼻を挫かれたようだ。

「ザザイ一家を空港まで送ったら、その足で日本大使館に行くんですか？」

辰也は後ろをちらりと振り返って尋ねた。車と武器は海外脱出するザザイには不要となるため、啓吾がたったの二千ドルで買い取った。相手は金持ちなので、代金というよりも餞別のようなものだ。しかも、ザザイの豪邸を自由に使っていいとまで言われている。

「いや、空港ビルまでザザイ氏を見送ろうと思う。出発便はエミレーツ航空の午後十二時三十分発ドバイ行きです。聞き取りをする時間はあるはずです」

啓吾は腕時計を見て答えた。現在午前十時五十分である。

「どこのゲートも米軍の許可なく入れないだろう。航空券も持たない見送りだけの人間が入れるのか？」

浩志は首を捻った。下手をしたらテロリストと疑われてしまう。

「たぶん、大丈夫です」

啓吾は衛星携帯電話機で、誰かと英語で話しはじめた。

「ほお」

浩志は苦笑した。電話の相手は空軍基地将校のようだ。彼は、アフガニスタンやイラクなどの紛争地の情報を現地に駐在している米兵からも得ていると聞いたことがある。なりふり構わず各方面にパイプを作って情報を得るのだが、それを越権行為だとしてよく思わない政府関係者がいるらしい。彼の中東情勢の分析が今回、政府から受け入れられなかったのは、その辺の事情もあったのだろう。

「許可が下りました」

啓吾は通話を終えると、大きな息を吐き出した。

自分の身分を明かし、ザザイは日本の重要な協力者のため、その付き添いで空港に入りたいと許可を得たようだ。輸送機に乗せろというわけではないので、米軍としても問題はなかったのだろう。

ラウンドアバウトでワジル・アクバル・ハーン・ロード・からエアポート・ロードに入る。

「ザザイ氏は、タリバンがカンダハル以南をすべて制圧したという情報を得たそうです。まあ、これまでの活動からすれば当然と言えるかもしれません。ただ、彼が危険だと判断した理由は、国軍の治安部隊がタリバンと銃撃戦もしないで敗走していることだそうです。国軍は米軍が撤退することで、物資面だけでなく精神的にも壊滅状態だと彼は判断したのです。それらの情報が確かなら、タリバンがカブールに押し寄せるのも時間の問題でしょう」

啓吾は渋い表情で言った。

「一発の銃弾も発砲することなく、逃げたというのか。俺には理由が分からんな」

辰也は鼻に皺を寄せた。兵士にとって敵に背中を見せることだけでも屈辱だが、交戦することなく逃げるなど嫌悪感すら覚えるのだろう。

二台のハイラックスはエアポート・ロードを二キロほど進んだところで停まった。正面前のラウンドアバウトで渋滞しているのだ。

米国をはじめとする多国籍駐留軍の撤退のため、カブール国際空港には輸送機が日に何便も離着陸している。だが、民間機の発着は数えるほどだ。そのため民間機には乗客が集中するのだが、加えてゲートでの検査が厳しいので混雑しているに違いない。しかも正面ゲートは閉まっており、ここから一キロ離れたアビーゲートかその先にある東ゲートに行くほかない。

「ここで降りよう。辰也、車を頼んだぞ」

浩志はM9をズボンの後ろに差し込み、車を降りた。

「そうですね」

啓吾も後部座席を後にした。

浩志は後ろの車まで行き、後部座席のウィンドウを叩いた。

「なんでしょうか？」

ザザイがウィンドウを下げる。

「ここからは車は無理だ。徒歩で行くぞ」

浩志は後部ドアを開けた。

「えっ、大丈夫なんですか？」

ザザイは恐る恐る降りてきた。

「俺たちが付いている。心配ない。それにこれ以上、人が集まれば危険だ」

浩志は車を覗き込み、ザザイの妻と二人の娘に笑みを見せた。自爆テロリストは、群衆に混じって行動する。紛争地では、人が密な場所は危険だと認識しなければならない。

宮坂と田中が荷台から飛び降りた。彼らもアサルトライフルは毛布に包んで荷台に残してきた。米軍とのトラブルは避けたいのだ。

「自爆テロの恐れがある。車の傍には近付くな」

浩志は仲間に伝えると、ザザイと並んで道路の端を歩いた。宮坂と田中、それに啓吾は三人の女性に付き添う。

エアポート・ロードを出てラウンドアバウトに出た。

「うん？」

周囲を窺いながら歩いていた浩志は、にやりとした。三十メートルほど先の十一時の方角にスキンヘッドの男が笑顔で手を振っているのだ。その隣りには、同じく見覚えのある黒人の男がいる。

「あれ、ワットとマリアノじゃないですか?」

後ろにいる宮坂も気が付いたようだ。

「彼らもカブールだと聞いていた」

立ち止まった浩志は、振り返って言った。ワットには今回の任務について連絡を入れてある。リベンジャーズに仕事の依頼があれば、必ず仲間全員に伝えるようにしていた。仲間は家族同然で秘密はなしというのが、暗黙の了解だからだ。

一週間ほど前であるが、米国にいるワットに電話をかけたところ、軍の古い友人から仕事の依頼を受けてカブールに行くと聞いた。現地で会うかもしれないと言っていたが、こんな雑踏で見かけるとは思わなかった。

ワットは左手の親指と小指で電話の受話器の形にして連絡するというジェスチャーをすると、雑踏の中に消えた。仕事中なのだろう。

「先を急ごう」

浩志は右手を振って仲間を促(うなが)した。

4

午後六時、浩志と辰也はハイラックスに乗り、ザザイの屋敷を出た。

浩志らはザザイを見送った啓吾を待ち、アビーゲートから屋敷に一旦戻っている。浩志は改めて屋敷を調べ、仲間と手分けして車と家の補強に取り掛かった。タリバンがカブールに攻めてきた際に備えるのだ。

屋敷には寝室が八つあり、食料も充分あるため、予約したホテルはキャンセルして遠慮なく使うことにした。ザザイは、啓吾との別れ際に手書きの屋敷の譲渡書を渡してきたそうだ。タリバンはアフガニスタン人の所有物なら容赦なく接収する。だが、日本人ならそれはないとザザイは考えたようだ。

日本は欧米に肩入れしているが、軍を送ることはなく、人道支援に徹している。それをタリバンも評価しているというのだ。ザザイはタリバンがまたカブールを追われるようなことがあれば、啓吾から屋敷を返却してもらえると思っている。深謀遠慮とも言えるが、藁にもすがる気持ちなのだろう。

啓吾は日本大使館へ打ち合わせに行ったが、送迎は辰也と宮坂にさせた。ザザイの屋敷から日本大使館までは、治安がいい住宅街を抜けて六百メートルと近い。全員で警護する必要はないと判断したのだ。

　日本の大使が不在のため、啓吾は大使館で様々な役職の職員と会って聞き取りをしたらしい。出発前に啓吾が外務省に問い合わせた時には、大使は日本への出張を終えてカブールに向かって出発の準備をしていると聞いた。スケジュールが合わなかったので、日本での面会は叶わなかったのだ。

　大使館ではタリバンの攻撃でカブールが陥落することを想定し、脱出の準備が進められていた。タイミングとしては翌週以降と考えられており、民間のチャーター機を使って退避する計画だという。彼らも現地にいながら霞が関の幹部と同じく、米軍の退避が完了しない限り安全だと思っているようだ。

　カブールの現状だけに目を向け、アフガニスタン南部がタリバンの手に落ちていることを見て見ぬふりをしているのだろう。そもそも、タリバンの本拠地であるカンダハルとカブールは、たったの四百キロしか離れていないのだ。

　啓吾はザザイから得られた情報を職員に提示したが、大使不在では誰にも決定権はないと相手にしてもらえなかった。職員は大使か、本国からの命令を待って粛々と通常業務をこなすほかないと考えているようだ。職員を説得できなかった啓吾は、屋敷に戻ってからぼやいていた。

　ワジル・アクバル・ハーン・ロードからエアポート・ロードに曲がり、1ブロック先の三番マクロラヤン・ロードに入った。

「ここですね」

　辰也が次の交差点を過ぎたところで車を停めた。

「そのようだ」

　浩志は助手席から降りると、アラビア語と英語でキング・シャワルマと記された派手な電飾看板のレストランに入った。壁に熱帯魚の水槽が埋め込まれたカジュアルな店だ。四人席のテーブルが並んでいる。

「こっちだ」

　奥のテーブルに座っていたワットが手を振った。隣りにはマリアノが座っている。テーブルにはパキスタン料理のチキンケバブとトルコ料理のチキンシャワルマ、それにアフガニスタンの串焼きケバブもある。どれも美味(うま)そうだが、肉料理ばかりだ。

「早かったな」

　浩志はワットの前の席に、辰也はマリアノの前の席に座った。

「昼飯を食う暇(ひま)がなかったんだ。適当に頼んでおいた」

　ワットは串焼きケバブを取った。

「肉料理ばかりだな」

　浩志は具材がピタパンで巻かれたチキンシャワルマを掴(つか)んだ。なかなかボリューミーで美味い。辰也は、竹輪(ちくわ)のような形をしたチキンケバブをフォークで刺して頬張(ほおば)る。浩志らも忙しかったため、昼飯は食べていない。田中と宮坂は、屋敷の強化ともう一台のハイラックスのドアの内側に鉄板を取り付けるなどの作業を続けている。彼らも食事をしていないので、この店の料理をテイクアウトするつもりだ。

「疲れた時は、肉を食うもんだ」

ワットは二本目の串焼きケバブを手に取った。

「今日の任務は終わったのか？」

浩志はチキンシャワルマを頬張りながら日本語で尋ねた。ワットは日本語が堪能だ。マリアノもある程度理解できる。隣りの席とは離れているが、他の客に会話を聞かれたくない。日本語なら聞かれても問題ないはずだ。

「今日は準備だけだ。それより、おまえらはホテルに泊まっていないんだろう？　それとも、外国人が泊まれないような安宿にチェックインしたのか？」

周囲を見回したワットは、日本語で聞き返した。カブールで外国人が泊まれそうなホテルはあらかた調べたのだろう。外国人がよく利用するホテルは、テロの標的になる。予約はキャンセルしたが、浩志はもともとアフガニスタン人用のホテルに泊まるつもりだった。

「今日、アフガンを脱出した金持ちから豪邸の管理を任されたんだ」

浩志はあっさりと答えた。ザザイに勝手に使っていいと言われている。

「やっぱりな。そこに俺たちも泊まれないか？　ホテル代をケチっているわけじゃないんだが、自由に行動できる場所が欲しいんだ。この国じゃ、ホテルの星の数が多いほど危ないからな」

ワットは苦笑いを浮かべながら言った。だが、何かを隠しているような雰囲気でもある。

「別に構わん。俺たちは、啓吾の護衛で来ている。任務に支障がない限り、協力は惜しまない」

浩志は小さく頷いた。どんな任務に当たっているかは知らないが、ワットは常に正しいことをするはずだ。彼の任務に干渉するつもりはない。

「ありがたい。そう言うだろうと思って、テイクアウトも注文しておいたぞ」

ワットは指を鳴らした。

「用意してありますよ」

若いウェイターが指音に反応して笑った。

「手回しがいいな」

浩志はにやりとして、チキンシャワルマを頰張った。

5

午後八時五十分。トルクメニスタン上空。

明石柊真は、フランス空軍輸送機エアバスA400M、アトラスの貨物室壁面の跳ね上げ式シートに目を閉じて座っていた。

スペイン系のセルジオ・コルデロとイタリア系のフェルナンド・ベラルタ、それに米国先住民の血を引くマット・マギーの三人も一緒である。四人ともフランス陸軍の精鋭部隊と言われる第二外人落下傘連隊時代からの仲間で、〝ケルベロス〟という傭兵チームを立ち上げていた。

柊真も含めて普段から外人部隊のアノニマ（偽名）制度で付けられたレジオネール名をそのまま使っている。外人部隊からの付き合いなので、いまさら本名で呼び合ってもピンとこないからだ。

四人はパリ郊外にある〝スポーツ・シューティング＝デュ・クラージュ（Du courage）〟という射撃場の共同経営者でもある。

この機には、他にもフランス国家警察の部隊と第二外人落下傘連隊の中でもさらに精鋭と言われるGCP（空挺コマンド小隊）も乗り込んでいた。彼らの目的は、アフガニスタンに残されたフランス人と、フランス政府に関わってきたアフガニスタン人や外国人の脱出をサポートすることである。

柊真らの目的も同じである。だが、警察部隊とGCPがそれぞれ国からの正式な命令で派遣されているのに対して、ケルベロスは〝七つの炎〟というフランス外人部隊の秘密結社を通じて要請を受けていた。

警察の部隊は、RAID（レイド）という対テロの特殊部隊である。彼らは、カブールから退避する人々の保護と移送を任務としていた。GCPはRAIDの援護部隊で、タリバンとの交戦も想定している。

柊真はGCPの出身でアフガニスタンに駐屯しただけでなく、タリバンとも交戦した経験がある。そのため、GCPのアドバイザーとして白羽の矢が立った。柊真はチームで受けることを条件に引き受けたのだ。

「それにしても、GCPは分かるが、どうしてRAIDなんだ？　やつらが優秀なのは知っているが、彼らが国外で活動する理由が分からない」

右隣りに座っているセルジオが、欠伸をしながら尋ねてきた。

「米軍は基地の外での救出活動を原則禁じている。軍が組織的に動けば、市内はパニックになるからな。多国籍軍もそれに倣（なら）っている。基本的にアフガニスタンを脱出するのは、個人の自由という形を取るんだ。現時点では民間機も発着しているしな」

柊真は目を閉じたまま答えた。

「なるほど、ＲＡＩＤの隊員は警官だ。警官が国籍を問わずに市民を救出するのは問題ないというのか。フランス人の考えそうなことだ。とすると、ＧＣＰも俺たちも原則に違反するから幽霊のような存在なんだな」

セルジオが低い声で笑った。

「ケルベロスとＧＣＰは、現地の状況によって服装を変えるそうだ。基地内では、フランスの軍服を着るが、作戦中はペロン・トンボンに着替える可能性もあるということだ」

「それで俺たちだけでなく、ＧＣＰの連中も無精髭を伸ばしているのか。ところで、仕事を引き受けておいて言うのもなんだが、俺たちは本当に必要だったのか？」

セルジオは柊真の耳元で尋ねた。貨物室は常に一定の騒音がして、他人に聞かれる心配がないので、ふざけているのだろう。

「政府が必要だと判断したんだ。フランス人は優柔不断に見えて完璧を求める。後で文句を言われるのはマクロン大統領も嫌なんだろう」

柊真は貨物室の奥をちらりと見て言った。柊真ら四人は後部ハッチ近くのシートを利用している。ＧＣＰは八人、ＲＡＩＤは十二人の人員だ。現在カブールに残っているフランス陸軍の兵士と協力して人員の移送をすることになる。

フランスの退避作戦は二〇二一年五月のアフガニスタン人約百名の保護作戦を皮切り

に、どこの国よりも早く開始された。それ以前からフランスは軍の協力者の退避を始めてはいたが、五月の作戦ではフランス語教師や運転手や料理人などに対象を広げた。作戦は七月までに現地に残るスタッフを最低限のフランス人だけにすることを目的としていたのだ。

このフランスの動きに、欧米諸国や現地のＮＧＯ団体は、時期尚早だと猛烈に批判を浴びせた。フランスの行動で、タリバンの勝利を認める誤った情報が流れる危険性があるというのだ。だが、バイデン大統領の米軍撤退宣言後のタリバンの猛攻を見れば、フランスの判断が正しかったと言わざるを得ないだろう。

「ほとんどの関係者は退避が終わっているんだろう？」

セルジオは首を傾げた。カブールに行って、手持ち無沙汰になることを心配しているんだろう。

「すでに千人以上退避しているそうだが、それは政府の判断によるプライオリティの問題だ。実際にはまだ数千人残っているらしい。米軍は数十分おきに輸送機を発着させる能力を持っている。だが、フランスの場合、輸送機の数も人員も限られている。タリバンの動き次第で、輸送作戦は地獄絵図になる可能性もあるぞ」

柊真は最悪の状態も想定していた。フランス政府がＧＣＰを派遣したのが、何よりの証拠だろう。

「地獄絵図？　それってキリスト教の地獄のことか？　それなら銃撃戦に備えてカブールに着いたら美味いものでも食って体力をつけなきゃならないな」

セルジオは真剣な表情で答えた。ケルベロスの仲間は、これまで死を覚悟するような戦闘を何度も経験している。いまさら地獄絵図という言葉は、陳腐なものでしかないらしい。

「何を言っているんだか。帰国まで口にできるのは、どうせレーションだけだろう」

左隣りの席のマットが、人差し指を左右に振った。彼は現実主義者である。

「少なくともタリバンが一週間以内にカブールまでやって来ることはないと俺は思っている。レーションを食うのは、それから先だ」

セルジオの隣りに座っているフェルナンドが得意げに言った。彼もセルジオと同じくラテン系独特の楽観主義者である。

「おまえたち肝心なことを忘れているぞ。俺たちは空軍基地の兵舎で宿泊することになる。基地の外に出るのは、退避する人々の護衛の任務の時だけだ。つまり作戦中ということになる。自由に基地の外で飯が食えると思っているのか？」

柊真は鼻先で笑った。フランスを発って七時間経過している。誰しも空腹なのだ。

「そうだった。空軍基地は米軍が管理しているんだったな。あいつらは、基地からの出入りを滅茶苦茶厳しくしているからな」

セルジオが首を振って溜息を吐いた。

「アフガニスタンに入ったぞ」

乗務員の空軍上級曹長が、ＲＡＩＤの隊員に教えるのに声を張り上げた。普段から騒音の激しい機内で仕事をしているせいで声が大きいのだろう。トルクメニスタンとの国境を越えたのなら、あと三、四十分でカブール空軍基地に到着するということだ。

「簡単な任務じゃないことを肝に銘じるべきだな」

柊真は仲間の顔を順に見た。

カブール陥落

1

八月十四日、午前八時五十分。カブール。

ザザイの屋敷のダイニングキッチンに八人掛けの大きなテーブルがある。

浩志とワット、それにマリアノの三人が、テーブルを囲んで食事をしていた。

啓吾が情報収集するというので、辰也と宮坂と田中の三人を付けて十分ほど前に出かけている。浩志は、ワットが相談があるというので残った。

テーブルには、ピザ生地のような丸くて平たい形をしたアフガンパンが、大量に山積みされている。パンを積んだ籠（かご）を頭の上に載せ、路上で売り歩いていた老人からまとめて買い取ったのだ。安いということもあるが、保存が利（き）くので購入した。

アフガニスタンの主食はパンで、味はフランスパンに近く、弾力性もある。カブールの街の至る所に小さなパン屋があり、路上で売り歩く者も多く見かける。だが、紛争が続くアフガニスタンでは小麦が常に不足しており、食糧難に陥っていた。国際援助なしでこの国は成り立たないのだ。

　タリバンが支配する南部地域の農地は、穀物ではなくケシ畑になっている。タリバンの二十年にわたる反政府活動の財源はアヘンである。これらの地域の農民にとっても、今や生活の糧となり、ケシ栽培に依存するかたちになっていた。

　タリバンも国際社会に認められたいがためにケシの栽培を禁止したこともあった。だが、最終的にはアヘン取引を再開し、巨額の利益を得る道を選択した。結果的にタリバンが支配地域を増やすほど、食糧の自給率とともに国力も落ちるというわけだ。

「啓吾は張り切っているな」

　ワットはパンを頰張りながら言った。

「この界隈は、各国の大使館が集中するエリア〝グリーンゾーン〟だ。直接行って情報を集めるらしい」

　浩志はパンにサラミを挟んで食べている。台所にある米国製の冷蔵庫にだけでなく、台所の棚にも大量の食料が備蓄してあった。

　この国は、一部の特権階級だけが潤い、多くの国民は貧乏である。特権階級とは、政府や軍の高官、彼らに関わる商人などだ。彼らは欧米をはじめとした世界中からの支援金や援助物資を掠め取って蓄財している。腐り切った政府がタリバン賛同者を育てているようなものである。現政権が続いても、タリバンの政権になっても、この国の未来は暗い。

「カブール陥落は近いと思うか？」

ワットがさりげなく聞いてきた。

「昨日、タリバンはカンダハル、それに三十四州都のうち十八州都を制圧したそうだ。やつらの侵攻速度は日に日に増している。二、三日中に、タリバンの主力部隊がやってくるだろう。啓吾は情報収集しているが、たとえ充分に情報を集めたとしても日本政府は動かないだろう。動いたとしても手遅れだ」

浩志はパンを食べ終わると、紙コップに入れたコーヒーを啜った。

アフガニスタンに長年貢献した医師の中村哲氏は、「米軍が去れば速やかに（アフガニスタン政権は）崩壊する」と言っていたそうだ。彼は「長期的に見ると、米軍はいずれ旧ソ連と同じ道をたどることになる」とも語っていたという。

米軍は各地にあった前哨基地から撤退し、一部をカブール空軍基地に残すのみだ。撤退しているも同然である。すでに現政権は崩壊しているのだ。国軍の兵士が、無抵抗で敗走する理由はそこにある。

中村医師は、二〇一九年十二月四日に身代金欲しさのタリバンの一派に殺害された。彼が現地の人と一緒に造った用水路は、福岡市の面積の半分に当たる一万六千五百ヘクタールもの土地を潤し、今も六十五万人の生活を支えているという。アフガニスタンに武器ではなく、農機具を持ち込んだのなら、今とは違う風景が見られたはずだ。

「カブールは市街戦に突入すると思うか？」

ワットは小さく頷きながら質問を続けた。

「偶発的な銃撃戦はあるかもしれない。だが、タリバンと和平合意をした米軍は、彼らに銃は向けないはずだ。当然、他国もそれに倣うだろう。タリバンも米軍の前では銃を使わないはずだ。多国籍軍の目を盗むようにして、現政権関係者の掃討作戦をするだろう」

浩志は冷めた表情で答えた。

「その通りだ。だからこそ、関係者の退避を急ぐ必要がある。米軍はバスやタクシーを使って空港に誘導しているが、タリバンがカブールに来たらそれもできなくなるだろう」

ワットが珍しく真面目な会話をしている。何か言いたいのだろう。

「それで？」

浩志はワットの話を促した。

「俺たちもカブール陥落は、二、三日中だと思っている。そのため、米軍ＯＢと現役の米兵が秘密作戦を決行する。お互い協力しないか？」

ワットはようやく本題に入ったようだ。

「米軍は基地外での活動を禁止している。それを無視するのか？」

あえて尋ねた。

「その命令がそもそも間違っているのだ。長年米軍に協力してきたアフガン人は、友人、あるいは家族同然だ。彼らを置き去りにするのは、米国人の信じる正義に反する」

ワットの言葉にマリアノも頷いた。

「軍規を無視するのか。おまえはOBだが、予備役の兵士でもある。作戦が成功したとしても、ただじゃすまないぞ」

軍役を解かれるだけでなく、最悪の場合は軍法会議で処罰される可能性もある。

「処罰を恐れる者はいない」

「だろうな。作戦名は？」

にやりとした浩志は尋ねた。

「〝パイナップル急行〟だ」

ワットは胸を張って答えた。

2

午後七時三十分。

浩志はハイラックスを運転し、エアポート・ロードを北に向かっていた。

助手席にはアフガンストールで口元を覆ったワットが座り、荷台にM4で武装したマリアノが乗っている。浩志はパコールを被っているのでアフガニスタン人に見えるが、ネイティブインディアンとアイルランド系のハーフのワットは、ラテン系に見える顔を隠しているのだ。

辰也と宮坂と田中は、啓吾の護衛をするためザザイの屋敷に残った。彼らにも〝パイナップル急行〟作戦のことは話してある。だが、任務はあくまでも啓吾の護衛のため、ワットの救出作戦は交代で手伝うことにした。トップバッターとして浩志が協力することになったのだ。

彼らに協力するのは、今後日本人やアフガニスタン人の脱出ルートが確保できる可能性を考えてのことである。また、そのノウハウを得られればという思惑もあった。

米陸軍グリーンベレー、米海軍シールズ、CIA特殊工作部隊など、かつてアフガニスタンに駐留、あるいは支援活動をした有志が、米軍のルールに縛られずに空港外で救出活動をするという。

彼らを指揮するのは、グリーンベレーの指揮官を務めたスコット・マン元陸軍中佐だそうだ。また、現役の兵士を指揮しているのは、米海兵隊のスチュワート・シェラー中佐らしい。高度歩兵訓練大隊の大隊長を務め、イラク、アフガニスタンの派兵経験もある現役幹部である。

彼らのバックには、元特殊部隊員が経営する複数の民間軍事会社がいるらしい。そのため、資金だけでなく情報も提供されているようだ。衛星画像やデータ解析などからタリバンの動きを分析している。救出チームはバイデン政権の撤退政策に反発し、これまで犠牲になった仲間の死を無駄にしないという想いの下、強い絆で結ばれているらしい。

浩志は四番マクロヤン・メインロードに右折し、二〇一四年に竣工した二十四階建てのアジジ・プラザの前に停まった。アフガニスタンで最も高いカブールタワーに次ぐ高層建築物で、アフガニスタン復興のシンボルの一つである。

ワットが車から降りて、プラザの向かいの工事現場を覗き込んだ。すると、アフガニスタン人らしき男女が、工事現場の廃材置き場の陰から出てきた。どうやら夫婦らしく、女性のお腹が大きいので妊婦なのだろう。

「ミスター・ワット?」

男がワットに近づき、首を傾げた。

「サイード、久しぶりだな。乗ってくれ」

ワットは口元のアフガンストールを下げ、サイードの肩を叩いた。

「おお、ワット！　間違いなくワットだ。ありがとう」

サイードはワットと握手をして抱きつくと、後部ドアを開けて妻を先に乗せ、自分も乗り込んだ。ワットがアフガニスタンに駐屯していたころの知り合いらしい。

「米国に入国するためのビザや申請書や必要書類がこの中に入っている。それから、これは輸送機に乗る際の許可証だ」

　ワットは助手席から振り返ってサイードに書類を入れたビニール袋を渡した。書類の作成などの行政手続きは、バックアップしている軍事会社がしているそうだ。脱出希望者は最悪、パスポートがなくても出国できるらしい。

「出発してくれ」

　ワットは後部座席の二人に浩志を紹介しない。今回はたまたまワットの知り合いだったが、基本的に身分を明かさずに空港まで案内し、軍用機に乗せるのが任務らしい。空港外は元軍人の有志が活動するが、空港内は現役の兵士が担当する。だが、その活動は米軍司令部の命令を無視するものだ。情報の共有をなるべく少なくすることで、軍からの追及を回避するのだろう。

　浩志は四番マクロヤン・メインロードを南に向かう。地図は頭の中に入っていた。アワリ・メイ・ロードに出ると、空港の東側のロシア・ロードを走る。

　三十分ほど走り、空港の北側のタジカン・ロードに出ると、空港の北ゲートを通り越して九百メートルほど先にあるラウンドアバウトでUターンする。空港内に潜入するルートはいくつかあるという。

　数百メートル先の暗闇（くらやみ）から男が出てきて手を振っている。何もない場所だが、他にも車が停められている。救出チームはいくつかの小さなグループに分かれているようだ。浩志は男の前で車を停めた。M４で武装した米国人である。銃を構える人間は別の場所にもいる。

「降りてください。私が案内します」

マリアノは後部ドアを開けた。

「ミスター・ワット。ありがとうございました」

サイードはワットと握手をすると妻の手を握り、車を後にした。米国によって持ち込まれた男女平等という価値観に馴染（なじ）む彼らは、タリバンの原理主義社会では生きてはいけない。二人はマリアノに付き添われて暗闇に消えた。

「この先に空港へと延びる下水路がある。そこから空港に潜入するんだ。トンネルを抜けた出口に兵士が迎えに来ている。輸送機は夜間も飛んでいるから、それほど長く待たされることもないだろう」

ワットは二人が消えた暗闇を見つめながら言った。

「全員、顔見知りというわけじゃないんだろう？　どうやって認識しているんだ」

浩志は首を傾げた。ワットとマリアノが所属している救出チームは、急場で募集されたと聞いている。まして、書類だけで退避する人々を認識するのは難しいはずだ。

「迎える側は赤いサングラスをかけ、スマートフォンに救出する人物の顔写真を持っている。退避する者は、目印の赤いサングラスを掛けた兵士に、スマートフォン内のパイナップルの写真を見せることで受け入れられる。だから〝パイナップル急行〟なのだ。昼間ゲートで受け付けている正規のルートでは、限られた人数しか救えない。できるだけ多くの人を救うために俺たちは裏ルートを提供しているんだ」

ワットは自分のスマートフォンを出し、パイナップルの写真を見せた。救出される側の確認を簡略化することで、負担を減らしているようだ。

「事前に救出する人々のデータを持ち、彼らと個別にコンタクトを取っているのか」

浩志は感心もしたが、同時に落胆もした。裏ルートでも救える人間は限られてくる。日本に協力するアフガニスタン人まで救うゆとりは、彼らにはないだろう。まして、日本では真似(まね)できない方法だ。大使館職員は僅(わず)か十数名、彼らに何百人ものアフガニスタン人を別ルートで空港に入れることは不可能だからである。

アフガニスタン人の夫婦を送り届けたマリアノが、戻ってきた。近くにいる男と簡単な会話をすると、ハイラックスの後部座席に乗り込んだ。

「ここは人員が足りているようです」

マリアノが苦笑した。

「次に行こう。夜はまだ長いぞ」

ワットは張り切っている。

「了解」

小さく頷いた浩志は車を出した。

3

午後七時五十五分。

浩志が運転するハイラックスは、カブールの南部に向かっていた。

今回も一家族だけの移送らしい。何家族かを荷台に乗せて移動できればいいのだが、無関係な一般市民に救出作戦が知れ渡ればパニックを引き起こすため、あえて個別に救出しているそうだ。

「アフガン国軍が敗走している理由を知っているか？」

助手席のワットが、スマートフォンを見ながら言った。

「タリバンの侵攻が夜中に行われるせいもあるが、米軍が撤退するからだ。違うか？」

浩志はワットを横目で見て答えた。浩志もカブールに到着してから地元の武器商などを介して情報を得ている。これまで制圧した都市では、タリバンは真夜中にやって来て、街中に彼らの象徴であるタリバン旗を掲げるそうだ。市民は朝起きて、いつのまにか制圧されていたことに気付くという。国軍の治安部隊はそれを見て、逃走するらしい。

「むろん、それもある。だからと言って、一兵も闘わずに敗走するか？　米軍が鍛え抜いた特殊部隊もいたんだぞ」

　ワットが肩を竦めた。

「他にどんな理由があるというのだ？」

　浩志はワットを見返した。

「実は、半年以上前から、アフガン空軍のパイロットが、タリバンの暗殺部隊に殺されているそうだ」

「アフガンの情報は知っているつもりだったが、初耳だ」

「こっちに来てアフガン兵から聞いたんだ。そこでＣＩＡの知り合いに確認したら、彼らも把握していたし、政府に報告もしていたらしい。だが、政府は大した問題と捉えていないそうだ。アフガン空軍の穴は、米軍が補っていたからだ。だが、現実問題として、米軍の撤退が進むにつれて、アフガン空軍の整備を担っていた米国の業者も撤退した。加えてパイロット不足が追い討ちをかけた。アフガン空軍の輸送機による軍事物資や補給が滞るようになったのだ。兵站が断たれれば、軍は当然の如く弱体化する」

　ワットは口を曲げて首を横に振った。スマートフォンを見ていたのは、ＣＩＡの知り合いからメールで連絡を受けたからだろう。

「航空戦力を持たないタリバンにとって、最大の脅威は航空機だ。地対空ミサイルは持っているが、航空機にいつも対応できるわけじゃない。だからパイロットが地上にいる時を狙って暗殺しているというわけか。パイロットを殺せば空軍は機能しない。まして簡単な軍事訓練じゃ、育成できないからな」

浩志は渋い表情になった。タリバンはAK47やRPG7をぶっ放すだけの烏合の衆ではないようだ。数で勝るアフガニスタン軍の弱体化を計画的に進めてきたらしい。

「タリバンによる暗殺を恐れて国外脱出するパイロットも増えている。空軍が先に壊滅していたんだ。空からの支援を断たれたアフガン軍が総崩れになるのは当然だろう。米国政府がそれを見過ごすとはな」

ワットが歯軋りをした。米国政府は撤退ありきで、現地での現状把握が疎かになり、何の対策も講じなかったようだ。

「この国は、お先真っ暗だな」

浩志は舌打ちをした。

シロ・ロードからカブール・ユニバーシティ・ロードに入った。緑が多い落ち着いたエリアである。カブール大学の東側にあるカフェテリアの前に車を停めた。すでに営業は終わっている。大学の北側には病院がある。

ワットは腕時計を見ると、車を降りた。午後八時二分、この時間に人通りがある通りではない。

十五分ほど待ったが、辺りは静まり返ったままだ。

「どうなっている？」

浩志とマリアノも車を降りて、周囲を窺った。これから退避するのは、元軍人で現在は米軍で働いていたサルマーンという男とその家族と聞いている。ワットとは面識がないらしい。移送の効率化を図るため、自宅近くの大通りで待ち合わせすることになっていた。脱出するのを近所に悟られないためということもあるようだ。

朝までに四家族の移送を予定している。その後は別のチームと交代する手筈だ。待ち合わせ時間が過ぎれば、自力で空港に来てもらうほかない。状況は日に日に悪くなるだろう。救出チームが動けるうちは、まだ安全なのだ。

「場所は合っている。時間を間違えたのかな。二十時が待ち合わせ時間のはずだ」

ワットは頭を掻いた。

「自宅まで行くか。分かるんだろう？」

浩志はワットを促した。

「ここから三百メートルほど北にあるモスクの近くだ」

ワットはスマートフォンを出して情報を確認した。救出者の情報は、軍事会社から送られてくるようだ。情報は救出が完了すれば、その都度消去するらしい。

浩志はワットとマリアノが乗ると、車を出した。カフェテリア脇の路地に左折し、三百メートルほど進んだ先にあるモスクの前に車を停める。

「すぐ近くだ」

ワットはスマートフォンの地図アプリを出して言った。

「うん？」

首を傾げた浩志は、ドアを開けた。

銃声。

浩志とワット、マリアノの三人は、同時に車を飛び出した。

走りながら銃を抜き、路地を曲がる。

AK47を構える男が五名いた。男たちは浩志らを認めると銃口を向けてきた。

右に飛んだ浩志は、数メートル先の二人の男たちの眉間に銃弾を撃ち込む。

左に避けたワットとマリアノは、残りの三人を撃ち殺した。

浩志は受け身を取って路地を転がり、男たちが銃撃していた家の壁際に立つ。

ワットとマリアノが玄関横に立ち、ドアを開けた。浩志が家に突入すると、ワットらも潜入する。

「サルマーン」

浩志は名を呼びながら部屋の四方に銃を向けた。リビングらしく、ソファーやテレビが置かれていた。テレビや家具は銃弾で粉々に砕け、壁にも無数の穴が開いている。

「俺たちは米国人だ。サルマーン」

ワットはあえて英語で呼びかけた。

「むっ、迎えに来てくれた人ですか？」

男がソファーの後ろから這い出してきた。

「そうだ」

ワットが銃を納めて尋ねた。

「銃を持った連中が、外をうろついていて出られなかったんです。私の家を捜していたようです」

サルマーンは震えながら答えた。

「家族は、どこだ？　すぐに出るぞ」

ワットはサルマーンに手を貸して立たせた。

「妻と子は、天井裏に隠れています。マジータ、出ておいで」

サルマーンは天井に向かって呼びかけた。すると、天井の一部の板が外れて縄梯子が下ろされ、女性と十代の男の子が下りてきた。

「行くぞ」

外の様子を窺っていた浩志は、ワットらに手を振った。

4

八月十五日、午前八時三十分。カブール。

浩志はザザイの屋敷のダイニングキッチンで、朝飯を食べていた。

昨夜サルマーンを救出した後、予定通り残り三家族を空港まで運んだ。サルマーンの移送以後、トラブルは特になかったが、屋敷に戻ってきたのは午前三時を過ぎていた。四時間ほど睡眠は取れたので、疲れてはいない。

テーブルの中央には、昨日と同じくアフガンパンが山積みされていた。昨日パンを売ってくれた老人から、辰也がまた買ったそうだ。キッチンで食事をする仲間もいるが、アフガンパンを小脇に抱(かか)えて自分の部屋で食べる者もいる。彼らが一人ですることは、決まって武器の手入れだ。

この家は監視カメラが各所に設置されており、正門には人感センサーも取り付けてあった。監視モニターは一階のダイニングキッチンと二階の主寝室にある。そのため、交代でダイニングキッチンか主寝室にいる必要があるのだ。

啓吾の今日の予定は日本大使館に、脱出を予定している邦人と退避対象のアフガニスタン人の名簿を貰(もら)いに行くだけらしい。その名簿は、日本政府に早期に行動を起こすように陳情するための資料にするそうだ。

彼が日本にいるときに取り寄せた資料から、退避対象者は六百人から八百人はいるとみている。最低の六百人だとしても、それだけの人数を米軍の撤退前に国外に脱出させるには、日に数便しかない民間機では無理なのだ。またチャーター機を使ったとしても、紛争地だけに手配できる航空会社も限られている。しかも、すでに欧州各国から要請を受けているため確保は困難である。

啓吾の考えは、自衛隊機での救出である。そのためにもアフガニスタンの現状を政府の石頭どもに一刻も早く知らせる必要があった。アフガニスタンは紛争地とされているが、カブールは現状、なんとか治安が守られている。

自衛隊法第八十四条の三の第一項に「当該外国の領域の当該保護措置を行う場所において、当該外国の権限ある当局が現に公共の安全と秩序の維持に当たっており、かつ、戦闘行為が行われることがないと認められること」とある。今なら問題なく自衛隊機で救出できるのだ。また、対象は邦人とされているが、自衛隊機に邦人が乗っていれば人道的見地からアフガニスタン人が同乗しても何の問題もない。

大使館とは午前九時に打ち合わせのアポイントを入れているが、徒歩でも行けるような距離なので仲間はのんびりとしている。

浩志はダイニングキッチンの壁にある監視モニターを気にしつつ、アフガンパンとサルマを食べていた。サルマはスパイシーなピラフを葡萄の葉で包んだトルコ料理で、食糧棚に缶詰があったのだ。

ダイニングキッチンにいるのは、浩志とワットだけである。

「やっぱりタリバンだな。サルマーンが襲われた理由が分かったぞ」

離れた席で食事をしながらスマートフォンを見ていたワットが、自分の頭を叩いた。カブールではこれまでも散発的にテロが発生している。テロリストがタリバンとは限らないのだ。だが、ワットは、それを特定したらしい。

「どうして分かった？　サルマーンの資料を破棄していないのか？」

浩志はサルマを頬張りながら、尋ねた。缶詰だが、そのスパイシーな味わいはトルコのレストランで前菜として出されるものと比べても遜色ない。

「資料は破棄したが、襲われた理由が気になって改めて調べたんだ。サルマーンは二年前まで元アフガン国軍のヘリのパイロットだった。退役後、米軍の輸送ヘリのパイロットとして雇われたんだ。タリバンは古い国軍の資料を手に入れているらしいな」

ワットはアフガンパンを喰いちぎるように食べている。腹が減っているというより、腹を立てているのだろう。

「襲ったのは、タリバンの暗殺部隊だったのか」

浩志はサルマを食べ終わると、紙コップのコーヒーを啜った。台所にコーヒーの粉はあったがフィルターはなく、鍋でコーヒーの粉を煮立てて作ったのだ。トルココーヒーと同じ作り方だが、中東の人間はアラビアンコーヒーと呼ぶ。かつてオスマン帝国に支配された歴史を忌み嫌うせいだろう。コーヒーカップに煮出したコーヒー粉ごと入れるので、上澄みだけ飲むのがコツである。

「正直言って、カブールが陥落する前なら安全だと思っていた。手伝ってもらって本当に助かったよ」

ワットはスマートフォンをテーブルに載せ、大きな溜息を吐いた。彼もタリバンとは何度も闘った経験がある。米軍はタリバンを追い詰めたこともあり、現在のような窮地に立たされるとは想像もできなかっただろう。

「今日も夜の当番か？」

浩志は何気なく尋ねた。啓吾の護衛の必要がなければ、今度は辰也が手伝うことになっている。

「昼間は、バスやタクシーも動いているから退避者は自力で空港まで行くことになっている。俺たちも一般市民を無用に刺激したくないからな。銃の手入れをしたら、昼寝をするつもりだ。俺とマリアノの出番は、日が暮れてからだ」

ワットは大きな欠伸をした。

玄関ホールから辰也と宮坂の話し声がする。出かける準備ができたらしい。

「さて、行くか」

浩志はゴミ箱に缶詰の空き缶と紙コップを捨てると、壁に立てかけておいたＡＫ47を手にダイニングを出た。

玄関ホールには、アサルトライフルを肩から提げた辰也と宮坂と田中の三人が顔を揃(そろ)えている。

「少し早いですが、出かけますか」

啓吾が階段を下りてきた。

「行くぞ」

浩志は玄関ホールの右手にあるドアを開けた。玄関ホールは母屋(おもや)から突き出しており、ドアを抜けると母屋の前にあるガレージに出る。ハイラックスが横並びに二台停めてあるが、まだ余裕がある広さだ。

車で行くのは襲撃に備えるためであるが、日本大使館の正門からぞろぞろと徒歩で出入りするのは間抜けに見えるためでもある。

「一台で行く。辰也と宮坂は荷台。田中、運転してくれ」

浩志は仲間に命じると、助手席に座った。荷台の二人が周囲を警戒し、襲撃に対してもアサルトライフルで対処できる。四人で二台の車に分乗すれば、火力を分散するだけだ。

「了解」

仲間が車に乗り込むと、啓吾が後部座席に乗り込んだ。

5

午前九時十分。カブール。

〝サフィ・ランドマークホテル〟前のアフマド・ザファ・ロードに、六台の車が並んでいた。二台のバスの前後に迷彩の軍用四駆プジョーP4、先頭と最後尾には古びたハイラックスが停まっている。

先頭のハイラックスの荷台に、アフガンストールに私服の柊真らケルベロスのメンバーが座っている。フランス軍のアサルトライフルFA－MASを構え、ベレッタM9のライセンス生産となっているGIAT　BM92－Gをホルスターに装備していた。退避チームの正式な護衛のため、武器は堂々と携帯できるのだ。

ハイラックスの運転席と助手席には警察官の制服を着たRAIDの隊員が座っていた。助手席の隊員は、指揮官のローラン・カゾニ警視である。荷台の柊真らは、現地で雇われた傭兵に見えるだろう。

プジョーP4には、階級章を付けていない迷彩戦闘服を着たGCPの隊員が乗り込んでいた。バスにはフランス政府や軍に協力していたアフガニスタン人を乗せる。一台目は六十八人、二台目は六十九人乗る予定で、バスの出入口の前に順番を待つアフガニスタン人が列をなしていた。

　四人のRAIDの隊員が、バスの乗車口に並んでいるアフガニスタン人を一人一人リストと照合して確かめている。残り八人の隊員はM4カービンとグロック19で武装し、周囲の警戒にあたっていた。彼らの半数はバスに分乗し、残りは最後尾のハイラックスに乗り込む。救出チームは六台の車列を組んで空港に向かうのだ。

　バスは運転手ごと地元のバス会社から借りており、救出作戦は日に二回行われ、常に六台編成で移送を行う。アフガニスタン人は、それぞれ決められた日にカブールの繁華街にある〝サフィ・ランドマークホテル〟前に集合することになっていた。フランスの退避作戦は何ヶ月も前から計画されており、対象者のアフガニスタン人も事前に計画を聞かされているため整然と行動している。

「一回で百三十七人か。日に三回できれば……四百十一人、後二週間で……五千七百五十四人か。まあ、いいペースだな」

　セルジオは途中で計算を諦め、スマートフォンの電卓アプリで計算した。

「おまえは単純だな。今日は午後にあと一回、日に二回だ。予定通りなら、八月に入ってから今回までに六百二十三人を退避させたことになるらしい。退避させるアフガン人は、カブール在住とは限らない。全国から集めているから、日に二回がいいところだろう」

柊真は首を横に振りながら苦笑した。昨夜、基地の宿舎で救出作戦の代表が集まってブリーフィングを受けている。あくまでも警察主導という形式を取り、作戦の指揮はＲＡＩＤの指揮官であるカゾニ警視が執っていた。

　基地に駐在するフランス治安部隊の指揮官であるベルナール・プティ少佐は、会議では情報提供だけで口を挟むことはなかった。彼自身、自分の部隊と武器や装備の撤収で忙しいからだろう。

　ＧＣＰの指揮官であるフランク・トレゼゲ大尉は、三十四歳と若いがアフガニスタンでの従軍経験もあるそうだ。柊真らもそうだが、ＧＣＰの隊員は不測の事態に備えるという役割に徹している。そのため、柊真とトレゼゲはオブザーバーとしてブリーフィングに参加した。

「六百二十三人？　随分細かい数字を出すものだな」

　セルジオが肩を竦めて笑った。

「今朝、ジャララバードが陥落したことは聞いているよな。気を引き締めろ」

　柊真は真顔になり、仲間の顔を順に見た。一時間ほど前に米軍の情報将校からフランス治安部隊に、ジャララバードがタリバンの手に落ちたと連絡があったのだ。ジャララバードは東部ナンガルハル州の州都で、カブールまでは直線距離で百十キロほどしか離れていない。

「確認、終わりました」

ＲＡＩＤの隊員が、ハイラックスの助手席のカゾニに報告した。時刻は午前十時十五分になっている。退避を求めるアフガニスタン人は、全員バスに乗り込んだ。

「出発だ」

カゾニは運転席の隊員に命じた。

六台の車列は、ザルゴナ・ロードからワジル・アクバル・ハーン・ロードに進む。

ハイラックスのハンドルを握る隊員が、脇道から飛び出して来た車に警笛を鳴らした。

先頭のハイラックスは道案内ではない。警笛を鳴らすだけでなく、割り込みを車体で遮って蹴散らしながら走るのが役目である。やがてエアポート・ロードのラウンドアバウトに入った。

右方向から警笛を鳴らされ、三台のハンヴィーがハイラックスの鼻先を掠めるように割り込んできた。ハイラックスの運転手が慌てて急ブレーキをかけて停まった。

「くそっ！　米軍のハンヴィーだ」

セルジオが追い抜いて行った車列に中指を立てた。

「米軍は、基地の外での活動は禁止されているんじゃないのか？」

フェルナンドもハンヴィーに向かって拳を振り上げている。

「あいつらは、パトロール小隊だ」

柊真は、砂煙を巻き上げながら猛スピードで走り去るハンヴィーを見つめながら言った。彼らは郊外のパトロールから空軍基地に帰って来たのだろう。それにしても、急ぎすぎているようだ。

フランスの車列は、ラウンドアバウトを抜けてエアポート・ロードに入った。道路の両脇には様々な屋台が立っているが、心なしか少なくなっている。ジャララバードが陥落したことを受けて首都を脱出する準備を始めた市民もいるのだろう。

数分後、空港の正面ゲートに到着した。米軍のハンヴィーはすでにゲートを抜けているのか、姿が見えない。ゲートの管理は米軍主体なので、入場手続きが早いのだろう。

ゲート前に車列が到着すると、Ｍ４を構えた米兵が取り囲んだ。

「フランスの救出チームだ」

カゾニが近寄って来た米兵に言った。

「車両を調べてくれ」

米兵の指揮官が部下に命じると、兵士らは車両下を爆弾検索ミラーで調べ始めた。基地の出入りには欠かせない作業である。

「急げ！　爆弾の有無を確かめたら、全車両を空港に入れろ。すぐにゲートを閉じる」

米兵の指揮官はなぜか焦（あせ）っているようだ。

ゲートから二百三十メートル進むと、本来の空港の入口がある。

六台の車列は空港の入口を抜け、空港ビル前のロータリーに停まった。

「バスから降りろ！　急げ！」

フランス兵が叫んだ。

傍にはプティ少佐が立っている。

「いったい、どうしたというんだ」

柊真はハイラックスの荷台から飛び降り、プティ少佐のもとに駆け寄った。

「どうしたんですか？」

遅れてカゾニとGCPのトレゼゲ大尉も駆けつけて来た。

「タリバンが三十一州都を制圧し、カブール郊外に集結しているという報告が入ったのだ」

プティは、険しい表情で言った。

「カブール郊外……」

柊真も渋い表情になり、バスから続々と降りる人々を見つめた。

「態勢を整えたら、タリバンは一気にカブールに侵攻してくるだろう」

プティは大きな溜息を漏らした。

「それなら、もう一度バスを出し、少しでも退避者を移送しましょう」

柊真は訴えるように言った。

「駄目だ。退避者を乗せたバスは標的になる。それに、戦闘が予測される状況下での活動をＲＡＩＤは禁止している」

プティが右手を振って答えた。

「しかし……」

柊真はトレゼゲと顔を見合わせた。彼らも不満顔だ。不測の事態を恐れるのならケルベロスとＧＣＰの存在価値はなくなってしまう。

「ＧＣＰとケルベロスは、大使館職員を空港まで退避させてくれ。大使館を空港内に移設する。これは命令だ」

首を横に振ったプティが、声を張り上げた。

「了解しました」

柊真とトレゼゲは、同時に敬礼した。

6

午前九時二十分。

浩志らはカブール西端にあるカラという村にいた。

気温は二十七度、乾いた風が砂塵を巻き上げながら吹き付けてくる。

村外れにある丘の途中にハイラックスを停めてあった。

浩志は車を停めた場所からさらに百メートルほど岩肌を上って丘の上に立ち、双眼鏡で南西の方角を見つめていた。

「結構集まっていますね」

すぐ近くで双眼鏡を覗いている辰也が呟(つぶや)いた。

「およそ五百というところか。ぞくぞくと集まってくる。この分だと、一時間もすれば二千を超えるな」

浩志は双眼鏡を下ろした。

二キロほど離れた荒地にタリバン旗を掲げた民兵が集結している。車両はタリバンが従来から使っているテクニカルだけでなく、米国製の装輪装甲車輌ＭＲＡＰやハンヴィーも数多くあった。米国がアフガニスタン軍に供与した武器である。タリバンが制圧した都市の国軍治安部隊から鹵獲(ろかく)したのだろう。

打ち合わせをしようと思って日本大使館に行った啓吾は、職員から忙しいと断られた。タリバンが三十一州都を制圧し、カブール郊外に集結しているという情報で、大使館内はパニック状態になっていたのだ。職員は首都陥落に備えて大使館を閉鎖し、脱出の準備に追われて打ち合わせどころではなくなっていた。啓吾は仕方なく退避対象となるアフガニスタン人の最終的なリストだけを貰ってきたのだ。

　啓吾は大使館職員が退避準備を始めたことにむしろ危機感を覚えた。彼らが国外脱出したら、アフガニスタン人の退避を指揮する者がいなくなるからだ。それに現地の情報をリアルタイムで日本政府に伝える手段がなくなる。そのため、啓吾はタリバンの現状を記録し、日本政府に早急の行動を促すためにカブール郊外まで来たのだ。

「どうですか？」

　丘を上って来た啓吾が、望遠レンズを装着したカメラを手に尋ねた。

「自分の目で確かめろ」

　浩志は啓吾のカメラを指さした。

　啓吾は無言で頷き、カメラを構えた。

「なんてこった」

　啓吾はカメラのシャッターを夢中で切り始めた。

　浩志と辰也は再び双眼鏡で二キロ先の荒地を見下ろした。

「まずい。車列を整え始めたぞ！」

　辰也が声を上げた。適当に停められていた車両が、位置を変えて列を整え始めたのだ。

「撤収するぞ」

　啓吾の肩を叩き、浩志は斜面を下りた。タリバンは車列を組んでカブール市内に侵攻する準備を始めたのだ。長居は無用である。タリバンと国軍の治安部隊との戦闘に巻き込まれる可能性もあるだろう。

浩志が助手席に座ると、啓吾は後部座席に乗り込んだ。運転席には田中、辰也と宮坂は襲撃に備えて荷台に飛び乗った。

丘を下りてカブール・ガズニ・ハイウェイに出る。ハイウェイといっても舗装してあるだけで、一般道と交(まじ)わっているので、どちらかというと幹線道路に近い。

「おかしい」

沿道を見つめていた浩志は眉(まゆ)を吊(つ)り上げた。カラはカブールの外れにあるが、西の玄関とも言える要所である。そのため、治安部隊の検問所があるのだが、先ほど丘に上る前にはあったのに、いつの間にか撤収しているのだ。タリバンが集結していることを察知し、後退したのだろう。

カブール・ガズニ・ハイウェイから市内のカンパニ・ロードに入る。三十分前に通った時は、ここまで少なくとも四ヶ所に治安部隊の小隊がいた。それに警察による検問所も通過したが、今はもぬけの殻だった。

「国軍は逃げ足が速いですね」

ハンドルを握る田中が苦笑した。

数十分後、浩志らを乗せたハイラックスはワジル・アクバル・ハーン・ロードに入った。道路には駐車場のようにびっしりと車が並んでいる。異常な交通量である。

「渋滞する時間じゃないよな」

田中がぼやいた。

「タリバン侵攻の情報が市中に流れているのだろう。誰しも家路を急いでいる」

助手席の浩志は、険しい表情で言った。街は車で溢れ、兵士も警察官の姿もない。市民はパニック状態に陥りつつある。

田中は渋滞から抜け出してワジル・アクバル・ハーン公園の脇道に入り、ザザイの屋敷のガレージに車を入れた。

「お先に」

啓吾は真っ先に車から飛び出した。資料をパソコンでまとめ、政府宛てにメールで送るのだろう。

「帰ったか」

リビングに入ると、ワットが出迎えた。

「帰宅ラッシュに遭ったよ」

浩志はリビングのテレビのチャンネルを変えてみた。放送中の番組もあるが、ニュースはやっていないらしい。

「放送局の職員はもう逃げ出したんだろう。今やっている番組は、古い情報を垂れ流しているに過ぎない。市民の間では、タリバンが侵攻してきたという噂で持ちきりだそうだ。

おまえたちは、タリバンを見たのか？」

ワットはソファーに座り、苦々しい表情で言った。カブール市民は政府を信用しておらず、むしろSNSのネットワークの方を重視している。

「俺たちが行ったカラは、今頃千人以上のタリバン兵が集結しているはずだ。おそらく、東西南北、すべての幹線道路からタリバンは侵攻してくるだろう。今は、攻撃命令を待っている状態に違いない」

浩志はそう言うとキッチンに行き、冷蔵庫からミネラルウォーターのペットボトルを出した。

「俺にも水をくれ」

ワットが首筋の汗を拭きながらキッチンに入ってきた。気温は三十度を超えているが、暑いというほどでもない。この先、タリバンと戦闘があるかもしれないという昂ぶりが作用し、発汗しているのだろう。兵士としての血が騒ぐということだ。

浩志は冷蔵庫から別のペットボトルを取り、ワットに投げた。

「ウップス！」

ワットが腰を引き、危うくペットボトルを落としそうになる。

「年のせいか？」

浩志は水を飲みながら、からかった。

「ほざけ」

ワットはズボンのポケットから振動するスマートフォンを取り出した。

「……何！　本当か。……分かった。シット！　クソッタレ！」

ワットは通話を終えると、キッチンの壁を蹴った。

「どうした？」

浩志は首を傾げて尋ねた。

「ガニ大統領が、大金を詰め込んだスーツケースをいくつも抱えて国外に逃亡したそうだ。所詮(しょせん)、クズはクズだったな」

ワットは苦虫を嚙(か)み潰(つぶ)したような顔で答えた。アフガニスタンのアシュラフ・ガニ大統領のことである。元首が国民を見捨てて逃げ出した。事実上、政権は崩壊したのだ。

「あっけなかったな」

浩志は短い溜息を吐いた。

混乱のカブール

1

八月十五日、午後五時十分。霞が関、外務省。

中東アフリカ局中東第二課。

「こっ、これは」

パソコンに向かっていた鮎沢は、眉を吊り上げた。

「どうした?」

隣りの席の田岡は時計を見ながら尋ねた。定時は過ぎているが、いつも通り残業になる。面倒ごとは事前に知っておきたいのだ。

「また、内調に出向した片倉からの報告だ。これはやばいぞ。タリバンがカブールに侵攻するそうだ」

鮎沢は眉間（みけん）に皺（しわ）を寄せた。

「はやく課長に報告したほうがいいぞ」

田岡はキーボードを叩（たた）きながら言った。

「あいつの情報はいつも確かだ。だが、外務省がいくら頑張ってもその先の腰が重いからな。お上（かみ）が動けば、事はすぐに展開するんだが」

鮎沢は溜息（ためいき）を漏（も）らし、政府を暗に批判した。

「おっと。現地の職員からメールが入ったぞ」

田岡は自分のパソコンのモニターを見て言った。アフガニスタンの大使館職員から緊急のメールが入ったのだ。

「私のところにも来ている。現地から第二課に一斉メールが送られてきたのか。よほどのことだな」

「まっ、まさか」

首を横に振った鮎沢は、片倉のメールを閉じて大使館職員からのメールを開いた。

離れた席に座っていた第二課長Tが声を上げた。彼もアフガニスタンの日本大使館職員からのメールを受け取ったのだ。Tは近くのプリンターから出した報告書を手に部屋を飛び出した。

Tはエレベーターを使わずに階段で四階に駆け上がった。

「あっ、すまない」

廊下で職員にぶつかりそうになったTは懸命に走り、事務次官室の前で立ち止まった。呼吸を整えたTはドアをノックした。

「失礼します」

頭を下げて入室したTは一瞬たじろいだ。執務机の前のソファーにM事務次官、Y外務審議官、N中東アフリカ局局長らそうそうたる幹部がいたのだ。

外務省では八月十八日を期限とする退避計画を練っていた。そのための打ち合わせだろう。民間のチャーター機で日本大使館職員とアフガニスタン人のスタッフなど、五百人ほどを退避させるというものだ。

幹部の間では、カブールが今すぐに陥落するという状況でないと考え、脱出はあくまでも民間機という前提である。また、この数日は、十四日から始まった茂木敏充外務大臣のイスラエル・イランなどの中東各国訪問の準備に追われていた。カブールからの退避は二の次だったのだ。そのため、顔を合わせた面々も緊張感はなかった。

「お打ち合わせ中でしたか」

顔ぶれを見たTは、生唾を呑み込んだ。

「ちょうどアフガニスタンのことで話をしていた。米軍が撤退する月末までカブールが持ち堪えられるか、我々は訝しんでいる。十八日を期限とする計画の詰めをしているのだ。

君からも意見を聞きたいと思っていたところだよ。どうした？」

M事務次官は首を傾げながら尋ねた。

「……カブールが陥落しました」

Tはうわずった声で言った。

「なっ……」

居合わせた幹部は、口を開け呆然としている。

「現地の職員から緊急連絡が入りました。ガニ大統領が、国外に脱出したようです」

Tはプリントアウトした報告書を事務次官に渡した。

「なんだと！」

Mは報告書を手に、両眼を見開いた。

「同時に米軍からも連絡が入りました。『日本大使館の職員が軍用機に乗りたいのなら日本時間の午後十時半までに空港に集合するように』と、また『それ以降は安全を確保できない』と通告されました」

Tは拳を握った。現地職員は自力で空港まで行かなければならず、警備会社に頼らざるを得ない。現状を知っているだけに、Tは身動きがとれない悔しさを覚えるのだ。

「我々の計画は潰えた。新たなオペレーションに掛かろう。それぞれ各方面に連絡をとってくれ」

険しい表情のまま、Mは立ち上がった。

「はっ！」

YとNとTは、返事もそこそこに部屋を飛び出した。

2

八月十五日、午後一時二十分。カブール。

浩志とワット、それに啓吾の三人はザザイの屋敷の屋上に上がり、ワジル・アクバル・ハーン・ロードを見つめていた。

屋上の通りに面した縁に弾除けの土嚢が積み上げてある。銃撃戦に備えて用意したのだ。屋敷のドアや壁には鉄板を貼り付け、裏の通りに抜けられるように塀に穴を開けるなど、様々な工夫はしてある。

一時間前まで道路は車で埋め尽くされていたが、今は閑散としていた。空港周辺の幹線道路は、脱出しようとする人々の車で未だに渋滞しているようだ。だが、空港から離れた場所では、住民はタリバンを恐れて家に引きこもっているらしい。

「一挙に侵攻してくるかと思ったが、違ったな」

M４を手にしたワットが、ワジル・アクバル・ハーン公園越しに通りを見て言った。

「タリバンは狡猾だ。武力制圧もできたはずだが、あえてそれを避けた。ガニ政権は戦うことなく侵攻という噂だけでパニックに陥り、自ら崩壊したのだ。ガニ政権を無血で倒すことで、タリバンは圧倒的な力を見せつけることに成功した」

浩志は通りの要所に立ててあるタリバン旗を見て顔を顰めた。タリバンは車列を連ねて大挙してカブールに侵入することはなかった。ガニ大統領が逃走したことで市中のパニックが頂点に達したのち、人々はタリバンを恐れて身を隠した。

タリバンは人々が消え失せた通りからタリバン旗を立て、制圧していったのだ。散発的に銃撃があったが、市民が抵抗したという報告はない。タリバン兵が威嚇で発砲したからだろう。タリバンは小隊規模の民兵を街の要所に配置した。今市中に跋扈している民兵は先遣隊で、本隊はまだ郊外で待機しているのだろう。

「啓吾はどうするつもりだ？　早く脱出したほうがいいんじゃないのか？」

ワットは振り返り、皮肉っぽく笑った。

「日本に協力したアフガニスタン人を退避させるために残るつもりです」

啓吾は右手を額に翳し、日差しを遮って答えた。

「民間人ならともかく、政府関係者の退避は命令じゃないのか？」

ワットは首を捻った。退避を拒否すれば、命令違反になる。

「上司に申し出ました。ある程度納得してくれましたが、いい返事は貰えませんでした。

民間人として残るかもしれませんね」

啓吾は小さく首を振った。彼は外務省から出向しているので、内調と外務省の両方に居残りを申請した。だが、大使館職員と一緒に退避しなければ外務省から懲戒免職になると警告されたのだ。

政府職員である啓吾が戦闘に巻き込まれた際の責任を、政府としては負えないためという事情もあるが、何より外部からの批判を恐れたのだろう。そのため、啓吾は依願退職を申し出た。数時間後には承認されて正式に民間人になるはずだ。

「おおかたクビになったのだろう。自軍を駐屯させていない日本政府は、アフガンからケツを捲るしかない。お偉方の耳には、アフガン国民のために居残るなんて戯言に聞こえるのだろう。おまえのような馬鹿は目障りだろうな」

ワットは首を振った。

「ばれましたか。大使館から貰ったリストを見て決めました」

啓吾は苦笑した。大使館から貰ったリストには、およそ五百人のアフガニスタン人の名前と連絡先が記載されていた。だが、それを見た啓吾は愕然としたのだ。なぜなら、啓吾は救出すべきアフガニスタン人は最低でも六百人、八百人の可能性もあると試算していたからである。

日本の対アフガンＯＤＡ（政府開発援助）は、この十年の間に事業を縮小していた。タリバンの勢力が復活し、アフガニスタンの未来が予測できないことがその理由なのだろう。事業が終了し、契約が満了したスタッフは三百人以上いる。

長年日本政府の事業のもとで働いた彼らも、タリバンからすれば外国勢力の協力者なのだ。啓吾は日本政府が見捨てた三百人も含めて助けようと考えていた。

「一人で背負(しょ)い込むような問題じゃないぞ。ここはアフガンだ。日本じゃない」

ワットは首を振って真面目な顔になった。

「とりあえず、米軍が進めるバス支援の話を問い合わせ、タリバンと敵対しない国にも協力を求めるつもりです」

啓吾は通りと反対側にある梯子(はしご)を下りていった。

「あいつに付き合うつもりか？　タリバンに占拠された街で他人を心配する奴はアホだ」

ワットは浩志に尋ねた。

「無理に付き合うつもりはない。むしろ、積極的に手伝うつもりだ。日本にいる仲間もアフガンに来られるように方法を考えている」

浩志は乾いた風に靡(なび)く、通りのタリバン旗を見つめながら答えた。日本に残っている加藤豪二(かとうごうじ)、瀬川里見、村瀬政人(むらせまさと)、鮫沼雅雄(さめぬままさお)の四人は、なんとかアフガニスタンに来られないかと作戦を立てているそうだ。

「おまえらは、本当に馬鹿だ。おっと、他人のことは言えないがな。米軍の撤退まで俺とマリアノは、このまま例の作戦のために働くつもりだ」

ワットは息を吐くように笑うと、梯子を下りていった。米軍とは別行動のため、脱出に米軍機は使えないだろう。簡単に言ったが、死を覚悟しなければならないのだ。

タリバンは数時間で市内を完全に制圧するだろう。その後、彼らがどう振る舞うかが問題である。武力で海外の軍隊や外国人を駆逐するような真似はしないだろう。無血で手に入れた国に再び戦火を招き入れることになるからだ。

浩志は一人で屋上に残り、周囲を見回した。

ザザイの屋敷があるエリアは、二階建ての家が多いうえに公園が近くにあるので、見通しが利く。公園を中心にカナダ大使館、トルコ大使館、ベルギー大使館、少し離れて日本大使館、英国大使館、米国大使館もある。普段は治安が良いグリーンゾーンであるが、タリバンにとっては外国勢力の巣窟でもある。それだけに各国の大使館の避難騒ぎでざわついていた。そのざわめきは平和の残照とも言えるが、これまでタリバンをのさばらせ、政治家の腐敗を放置していたツケでもある。

ポケットの衛星携帯電話機が鳴った。

浩志は電話に出ると、屋上の縁から離れた。

——皆さんは、ご無事ですか？

傭兵代理店の社長池谷悟郎である。今回の仕事は啓吾からの依頼だが、傭兵代理店を通して受けていた。

「どうした？」

浩志は屋上の床に腰を下ろした。

——政府のとある方から日本大使館職員の極秘の警護を依頼されました。空港までの移動を警護するというものです。数時間の仕事だとは思いますが、お願いできますか？

池谷は淡々と言った。「極秘」というのは、日本人の傭兵が紛争地にいること自体問題になるからだろう。

「馬鹿な。二重契約になるだろう」

浩志は肩を竦(すく)めた。

——その点は大丈夫です。片倉さんからも了解を得ています。片倉さんには別途外務省から報告があるはずです。

相変わらずちゃっかりした男である。先に啓吾に電話していたようだ。

「分かった」

鼻先で笑った浩志は屋上を後にした。

3

午後二時四十分。

屋敷のドアが乱暴に叩かれた。

「ここを開けろ！」

パシュトー語である。

浩志は武器を携帯せずにドアを開けた。一時間前までペロン・トンボンを着ていたが、あえて白のポロシャツとジーンズに着替えている。下手にアフガニスタン人に見えないほうが賢明だと判断したのだ。

玄関先に緑色の迷彩戦闘服を着た髭面の男が、ＡＫ47を手に立っている。その背後には、五人の同じ軍装の民兵がいた。浩志の前に立つ男は、四十代半ばで黒地に白線が入ったターバンをしており、指揮官らしい風格がある。後ろの男たちはグレーや茶色のターバンで、二十代から三十代前半と若い。

ちなみに彼らの戦闘服は韓国軍が二〇一四年まで使用していた〝カエル戦闘服〟と呼ばれたものである。後に分かったことだが、韓国の退役軍人の戦闘服を扱う中古取引業者からパキスタン人が大量に購入してタリバンに納品したそうだ。

戦闘服を着ているということは地方のタリバンではなく、主力部隊の民兵ということだろう。

「サラーム（こんにちは）」

浩志はパシュトー語で穏やかに挨拶をした。

「外国人か？」

黒地に白線のターバンの男はＡＫ47の銃口を向け、浩志の顔をまじまじと見て聞き返した。他の男たちは辺りを警戒している。

「私は日本人です。この家の持ち主は、日本の政府関係者で私はその護衛の者です」

浩志は眉一つ動かすことなく、ズボンの尻ポケットからパスポートを出して見せた。

「日本人？　……ケンジ・クワタ」

男は日本人と聞いて銃口を下げ、パスポートの名前を読み上げた。傭兵代理店が用意してくれた偽造パスポートである。

「何の御用ですか？」

浩志はパスポートを閉じて、首を傾げた。

「この国は、タリバンの支配下に入った。我々は検察隊だ。家々を回って住民調査をしている」

男は一歩前に出た。銃口は下げたままだが、威圧的な態度である。住民調査とは名ばかりで、敵対する人物がいないか家捜(やさが)しするのだろう。彼らの仕事は旧勢力の関係者を見つけ出して抹殺(まっさつ)し、街を浄化することだ。タリバンの常套(じょうとう)手段である。

「家の中を調べるつもりですか？　日本人が敵対すると思っているんですか？」

浩志は右眉を吊り上げて腕を組んだ。銃を持った相手に愛想を振りまくつもりはない。

「日本人は敵ではない。だが、アフガニスタン人を匿(かくま)っている可能性がある。家の中を調べる。逆らうのか？」

男は眉間に皺を寄せた。

「この国を治めるつもりなら、礼儀を弁(わきま)えろ。住民調査をしたいのなら名乗れ。タリバンのふりをした野盗なのか判断がつかない」

浩志は低い声で言った。どこの地方でもそうだが、タリバンの服装をし、武器を所持した泥棒が出没している。実際、タリバン兵なのだろうが、戒律を破る者は後を絶たない。タリバンが野蛮と言われる所以(ゆえん)である。

「……私は、タリバン検察隊長のオムラム・ターリクだ。この家の日本の政府関係者は、重要人物なのか？」

ターリクは一瞬たじろいだが、胸を張って答えた。

「この国から日本人は数日中にいなくなるだろう。だが、彼は一人残って仕事をするらしい。そういう意味では、重要人物になるだろう。だから、護衛として俺たち傭兵がいるんだ。家に入るつもりなら、俺が案内する。部下は外で待たせるんだな」

浩志はターリクを見据えて言った。武器を持った人間を刺激するのはまずいが、卑屈な態度をとればさらに状況が悪化する。

「いいだろう。私は日本人を尊敬している。その人物に会わせてくれ」

ターリクは頷くと、部下に外で待つように命じた。

「どうぞ」

浩志は軽く頭を下げ、右手で玄関ホールを示した。

「ありがとう」

ターリクも会釈して玄関ホールに入る。

「随分金持ちの家だな」

天井を見上げてターリクは眉を吊り上げた。イスラム原理主義者にとって、贅沢は冒瀆である。砂漠で闘ってきた彼らにとって、大理石の床に、天井にシーリングファンが回る豪奢な屋敷は悪魔の棲家に見えるのかもしれない。

「ザザイという貿易商人の家だったが、国を離れる際に日本の政府職員なら信頼できるからと俺の雇い主に譲渡したのだ。我々日本人は華美をむしろ嫌う」

多少脚色したが、正直に話した。タリバンが役所に残された資料を調べれば持ち主はいずれ分かる。下手に嘘をつかないほうがいいのだ。

浩志はターリクをダイニングキッチンに案内した。テーブルの奥の椅子に啓吾が座り、その背後に辰也が腕を組んで立っている。宮坂と田中は、隣りの部屋で銃を構えて潜んでいた。ワットとマリアノは、タリバンの民兵が近隣を調べている時に裏口から脱出している。

日本大使館職員の警護は、傭兵代理店を通じ外務省から極秘で要請を受けていた。啓吾も外務省からの要請で、市内の状況を見るため空港まで同行することになっていたのだ。カブール陥落の報を受けた外務省は、アフガニスタンに残っている十人ほどの日本人に連絡を取り、身の振り方を聞いたそうだ。退避希望者は一人で、この時点では僅かに飛んでいた民間機で脱出できる見込みが立った。そこで、外務省は現地での執務を終えたと判断し、大使館職員に退避命令を出したのだ。

大使館職員は、地元の警備会社の指示ですでに大使館から警備会社に退避していた。外務省は空港まで米軍に警護を依頼したが、空港外での活動を禁止されているという理由で断られている。その代わりにエアカバー（ヘリによる上空からの警護）を約束されたらしい。

浩志らは武装して警備会社で大使館職員と合流することになっていたが、家を出る矢先にタリバン兵が通りに現れたので出られなかったのだ。

「私は日本の外務省職員のケイゴ・カタクラです。この屋敷は日本の政府機関の建物で、今のところ私が責任者です」

啓吾は笑(え)みを浮かべて立ち上がると、右手を伸ばした。現段階ではまだ外務省の職員なのでまんざら嘘ではない。

「私は検察隊長のオムラム・ターリクです。この屋敷を調べたい。日本人は何人いるんだ？」

ターリクは両手を背後に組んで握手を拒否した。彼らも新型コロナの感染を恐れているのかもしれない。

「俺たちも含めて五人だ」

啓吾では隠れている二人をどうしたらいいのか判断がつかないため、浩志が代わりに答えた。また、宮坂らに暗に武器を隠すように指示したのだ。この流れでは民兵が家捜しすることは避けられない。武器の隠し場所を作ったので、ガレージの銃も含めて見つかる心配はないだろう。

「屋敷を調べられるというのなら、ご自由にしてください。私がご案内します」

啓吾は苦笑を浮かべ、ターリクを促(うなが)した。

「案内はいらない」

ターリクは自分で玄関まで行くと、部下たちを建物に入れた。

4

午後二時五十分、カブール空軍基地、フランス軍兵舎。

柊真らケルベロスの面々は、兵舎の北側に置かれているテーブルに向かって銃の手入れをしていた。

兵舎は南北に長く、二段ベッドが四列でずらりと並んでいる。ケルベロスは二段ベッドを四つ与えられており、各自上段のベッドを荷物置き場にして使っていた。

午後に予定されていた二度目の救出作戦は中止になり、関係者は基地からの外出を禁止されている。手持ち無沙汰(ぶさた)を解消するのにはポーカーという手もあるが、タリバン兵がカブール基地を攻撃してくる可能性を考えれば、誰しも武器の手入れをしたくなるものだ。

「ちっ!」

セルジオがテーブルから9ミリ弾を落として舌打ちをした。FA－MASとBM92－G、それに予備マガジンも現地の治安部隊から支給されている。だが、予備マガジンの数は充分ではない。それを予測して、柊真らはBM92－Gの空(から)のマガジンを各自数本持ち込んでいた。今日新たに支給された9ミリ弾を空のマガジンに装塡(そうてん)していたのだが、手が滑ったのだ。

　昨日も銃が支給された直後にメンテナンスをしている。バレルは金属の汚れが酷かった。錆びついていなかっただけましだが、かなり使い込まれていたのだ。できれば試射して銃の癖を知りたいところだが、それは実戦で調整するほかないだろう。

「どうした？」

　バレルをガンクリーナーで掃除していた柊真は、セルジオを見て笑った。かなり苛ついているようだ。

「タリバンが相手なんだぞ。ＮＡＴＯ弾じゃなくてホローポイントかソフトポイントを支給してもらいたいもんだ」

　セルジオは落とした銃弾を拾って、不機嫌そうに答えた。９ミリＮＡＴＯ弾は、通常のパラベラム弾よりは強化されているが、ホローポイントは弾頭がすり鉢状に窪んでいるため、人体に命中すると先端がキノコ状に変形し、よりダメージを与える。また、ソフトポイントは、弾頭の先端が剝き出しの鉛のため、命中すると激しく変形して致命傷になる。セルジオは、ＮＡＴＯ弾より殺傷能力が高い弾丸を使いたいと言っているのだ。

「やつらは人間だぞ。ＮＡＴＯ弾で充分だ。それとも銀の弾じゃないと殺せないとでも思っているのか？」

　マットが自分の銃のマガジンから銃弾を抜き出して笑った。銀の弾は狼男や吸血鬼に効くという伝説がある。

「馬鹿にするな。俺はな、タリバンを死ぬほど憎んでいる。それだけの話だ」

セルジオはテーブルの銃弾とマガジンを乱暴に摑んでポケットに捩じ込むと、兵舎から出て行った。

「冗談を言っただけだ。何であんなに怒るんだ。タリバンを嫌っているのは、あいつだけじゃないんだぞ」

マットは肩を竦めた。

「おまえたちは、知らないからな」

フェルナンドが、柊真とマットを交互に見た。

「どういうことだ?」

柊真はフェルナンドを見て眉を吊り上げた。ケルベロスの四人の結束は固く、兄弟のように付き合っている。隠し事はないようにしていたので、納得がいかないのだ。

「俺とセルジオとマットは、七年前に同じ部隊でキャンプ・マーマルに治安維持部隊として派遣された」

フェルナンドは深い溜息を吐きながら話し始めた。ドイツ連邦軍を主体とするNATO軍最大の基地キャンプ・マーマルは、アフガニスタンの北部に位置するマザーリシャリーフにあった。

「俺だけ違う小隊だったな」

マットは相槌を打った。

「日付までは覚えていないが、二〇一四年の八月のことだ。俺たちの小隊は、クンドゥズへパトロールに行ったんだ。地元の治安部隊と一緒に教育機関の安全性を調べるという簡単な任務だった。大学を見て、次に高校、その次は小学校というスケジュールが組まれていたんだ。ところが、高校の校庭に我々が入った途端、タリバンに襲撃された。その高校は男女共学だったんだ」

フェルナンドは溜息を吐きながら息継ぎをした。

「タリバンにとって女性が教育を受けることは許されない。まして共学なんて悪魔の所業だからな」

マットは頷いた。

「俺たちは、応戦するためにプジョーP４を飛び降りた。味方は治安部隊も入れて十八名、敵もほぼ同数。だが、俺たちはほとんど撃ち返せなかった。敵は学生に混じって銃撃していたからだ。男たちは高校生を無差別に撃ちまくり、学生を人質に取って逃走した。しかも俺たちの車のタイヤを撃ち抜いてパンクさせていたんだ。数人は倒したが、俺たちは追跡することすらできなかった」

フェルナンドは首を何度も横に振った。

「初めて聞く話だ。どうして話してくれなかったんだ？」

マットは額に手を当てて尋ねた。

「銃撃された学生の死体が累々と横たわる光景が、未だに頭を過ることもある。俺にとっても、おぞましい記憶だ。口に出したくない気持ちは痛いほどよく分かる」

フェルナンドは記憶が蘇ったのか、唇を嚙み締めた。

「あいつは責任感が強いからな」

柊真は手を止めて小さく頷いた。セルジオは、未だに自分を責めているに違いない。

「ところで、俺たちの出番はどうなるんだ？」

フェルナンドが話題を変えた。いたたまれなくなったのだろう。

「三時から、ブリーフィングがある」

腕時計で時間を確認した柊真は、ＢＭ92－Ｇを迷彩柄のレッグホルスターに差し込んで立ち上がった。

ブリーフィングはチームのリーダーだけが呼ばれている。タリバン侵攻という緊急事態で兵士たちを動揺させたくないのだろう。

柊真はベッドの間の通路を進み、兵舎の南側にある部屋に入った。四十平米ほどの広さがあり、ブリーフィングルームとして使われている。

右手の壁際にあるホワイトボードの横に、プティ少佐と彼の部下であるエルヴァン・ラポルテ少尉が立っていた。その前の折り畳み椅子にＲＡＩＤのカゾニ警視が座っている。

それにスーツを着た中年の男もいた。おそらく大使館の職員なのだろう。

柊真は彼らに軽く頭を下げ、少し離れた席に座った。

「遅くなりました」

ＧＣＰのトレゼゲが、時間通りに現れた。

「始めようか」

プティはトレゼゲが柊真の隣りに座ると、ホワイトボードの前に立った。

誰しも暗い表情をしている。ブリーフィングの内容は、聞かなくても分かっていた。基地の中にいるが、米軍の知り合いからも情報が入っていたのだ。

「大統領府にタリバン旗が立てられたそうだ。カブールは完全に落ちた」

プティは重々しく言った。

タリバンの幹部は多国籍軍が反撃してこないと見て、もぬけの殻となった大統領府に入ったらしい。彼らは米国をはじめとする多国籍軍が交戦を避けていることをあざとく悟っているのだ。

「行動予定を説明する前に、大使館職員のクレマン・レミ一等書記官を紹介する」

プティはスーツの男を指差した。

「ある程度、予測してたとはいえ、こんな形でこの国が終わることはとても残念です。グリーンゾーンの大使館は閉鎖しましたが、兵舎の一部に移転し、引き続き業務を継続させます。職員も順次国外に退避する予定ですが、私はできる限り踏み留まって皆さんと一緒に活動するつもりです」

レミは立ち上がって前に出ると、落ち着いた声で話した。肝の据わった男のようだ。

「我々の退避作戦は、タリバンの動きを確かめてから再開するように本国から命令されている。タリバンは今日中に勝利宣言を出すだろう。統治政策も発表するはずだ。それを聞いてから、我々の行動が決まる」

プティは柊真らを一人ずつ見た。

「今日は活動できないということですね」

カゾニが確認した。分かりきったことだが、ＲＡＩＤは移送作戦の主力なので聞かずにはいられないのだろう。

「タリバンが外国勢力の即時撤退を要求してきた場合は、それに従う。だが、彼らが国政を担うというのなら外交を考慮し、外国勢力に銃口を向けるような真似はしないだろう。おそらくタリバンの管理下でも退避作戦は継続できるはずだ。タリバンが声明を発表した後に改めてブリーフィングをする。それまで、君たちの部下には待機するように指示をしてくれ。すまないが、これで解散だ」

プティはそう言うと、ラポルテ少尉と一緒に部屋を出て行った。何もせずにはいられなくて、とりあえずチームのリーダーを集めたようだ。

ただ、フランス大使館職員が踏み留まると聞いて安心した。退避するアフガニスタン人の手続きは、彼らの協力抜きにはできないからだ。大使館職員が先に国外退去し、アフガニスタン人に退避しろというのはあまりにも無責任な話だからである。

「銃の手入れをするか」

柊真は独り言を呟き、部屋を後にした。

5

午後四時十分。

ペロン・トンボン姿の浩志は、タリバン旗を立てたハイラックスに乗っていた。ハンドルを田中が握り、後部座席に啓吾、荷台に辰也と宮坂が乗り込んでいる。

タリバン検察隊の隊長オムラム・ターリクと名乗る民兵の一味に、一時間ほど足止めされた。ターリクは五名のチームを四つ任された小隊長だそうだ。彼らはザザイの屋敷を隈なく調べ、アフガニスタン人を匿っていないか調べた。その後、啓吾の尋問を行ったのだ。質問の内容は、啓吾の出身地や職歴だけでなく、日本の政治や文化に至るまで多岐にわたっていた。初めて日本人に会ったので珍しかったのだろう。

四十分ほど質問して気が済んだのか、ターリクは部下を連れて引き揚げた。その際、浩志は二枚の小さなタリバン旗を渡されたのだ。一つは屋敷の玄関に、もう一つは車に掲げるように言われている。これは特別な措置で、家の場合はタリバンの庇護(ひご)が得られ、車の場合は通行許可証になるという。ターリクは啓吾に対して無愛想だったが、なぜか気に入ったようだ。

「タリバン旗の威力はすごいですね」

田中が口笛を吹いた。交差点の要所にはタリバンの検問所が設けられているが、停められることもなく素通りなのだ。旗のせいもあるが、全員ペロン・トンボンにパコールを被(かぶ)っている。それに用意してきた付け髭も付けていた。少なくとも現地のアフガニスタン人に見えるはずだ。

「複雑な気分だがな」

助手席の浩志は苦笑した。これまでタリバンとは何度も交戦したことがある。タリバンの包囲網から命からがら脱出したこともあった。彼らがイスラム原理主義者である限り、これからも交(まじ)わることは決してないだろう。タリバン旗を貰ったからといって彼らの理念を理解したわけでもなく、便宜的に利用しているに過ぎない。

ハイラックスはワジル・アクバル・ハーン・ロードを、現地の警備会社がある南に向かっていた。空港とは反対方向だが、グリーンゾーンよりは安全と言えた。

数分後、シャー・アリ・カーン・ロードに出た田中は、三階建てのビルの前で停まった。ビルの前には年式が様々な六台のカローラが停めてある。それが目印だと言われていた。

　浩志と啓吾は車から降りてビルに入った。出入口に看板を外した跡がある。警備会社という看板は、欧米の協力者としてタリバンに目を付けられるからだろう。

　玄関を入り、一階を見回したが誰もいない。階段を上がったが二階も同じである。

「妙だな」

　首を捻った浩志は、銃を抜いた。

「警備会社の社員は逃げ出したのかもしれませんね」

　啓吾は窓から外を見ながら言った。彼は内調の分析官であるが、子供の頃、父親の誠治（せいじ）に武術や銃の扱い方を学んだそうだ。そのため、身のこなしに隙（すき）はない。だが、それが嫌で学問の道を選んだと聞いている。一方、父親を嫌いながらも彼の薫陶（くんとう）を受けて育ち、諜報員になったのが妹の美香である。

　浩志と啓吾は階段で三階まで上がった。正面に鉄製のドアがある。浩志は銃を背中に回し、ドアをノックした。

「頼んだ傭兵か？」

　ドアを開けた男が、廊下に身を乗り出して尋ねた。男は廊下の左右を確認している。タリバン兵を恐れているのだろう。

「そうだ。大使館職員の護衛に来た。日本人も連れてきた」

浩志はパシュトー語で答えると、男から見えないように銃をホルスターに戻した。部屋の中には、小さな荷物を手にした大使館職員らしき日本人が数人いる。他の職員は別室にいるのだろう。

「待っていました。お入りください」

男は左手でドアを押さえ、右手を忙しなく回す。

「俺は下で待っている」

浩志はパシュトー語で言うと、啓吾の肩を叩いて階段を下りた。安全確認で啓吾に同行しただけである。傭兵代理店からは大使館職員に身分を明かさないように言われている。日本人の傭兵が警護に就いていることは極秘のためだ。帰国後、職員からマスコミに漏れるようなことがあれば、大問題になるからである。

大使館では、米軍の空からの警護は約束されていたものの、それだけでは不十分だと認識していた。また、警備会社だけでは警護が足りないという事実もあった。本国からの支援で現地の傭兵を雇ったことにしても、現地の職員は誰も疑問は抱かないだろう。また、雇った傭兵に通訳が必要なため、啓吾が付き添ってきたと説明されている。

「タリバン旗は、どうしますか？」

荷台で周囲を警戒しながら辰也が尋ねてきた。

「降ろそう。目的地は空港だ。下手にタリバンに間違えられたら、米軍に銃撃される」

浩志は荷台に鉄パイプと一緒に括り付けてあるタリバン旗を見て答えた。

「だけど、旗を下ろすと、タリバンの検問に引っ掛かりますよ」

辰也が質問を返した。

「検問所は、啓吾に任せるつもりだ。日本の政府関係者の移送だ。タリバンも足止めはしないだろう」

浩志は苦笑した。言ってはみたものの、単なる希望に過ぎない。

「そう願いたいですね」

辰也も笑った。浩志の苦笑の意味を分かっているのだ。

ビルの玄関から出てきた十二人の大使館職員が六組に分かれ、停めてあるカローラに乗り込んでいく。最後にＡＫ47を手にした六人の警備員が、それぞれの車に乗り込んだ。

職員は誰しも青ざめた顔をしている。彼らはただでさえテロが勃発する不安定な国に派遣され、不安な毎日を送っていたはずだ。そこに加えて突然米軍の庇護を失ったため、生きた心地がしないのだろう。同盟国とはいえ、所詮米軍は他人なのだ。

遅れて啓吾がハイラックスの後部座席に乗り込んできた。

「こちらリベンジャー。モッキンバード、応答せよ」

浩志はＩＰ無線機で日本にいる土屋友恵を呼び出した。カブールは混乱しているが、まだ携帯無線は通じている。もっとも、浩志は衛星携帯モバイル無線を使っているため、問題なくインターネット回線を使えた。

——こちらモッキンバード。現在、正面ゲート前からエアポート・ロードは八百メートル、アビーゲート前は三百メートルの渋滞です。その他の道に渋滞はあまり見られませんが、要所で車が滞(とどこお)っています。おそらくタリバンの検問のせいでしょう。

友恵は淡々としているが、いつもより強張(こわば)った声をしている。紛争下のカブールでの作戦に緊張しているのだろう。彼女にはカブールを監視できる軍事衛星のハッキングを依頼していた。世界屈指のハッカーである彼女を擁する日本の傭兵代理店は、世界最強とも言える。

「ありがとう。点呼」

浩志は続けて仲間の無線状態を確認した。

——爆弾グマ。異常なし。

——針の穴。異常なし。

荷台の辰也と宮坂が答えた。別の無線機で彼らとは通じている。

——ヘリボーイ。問題なし。

田中がエンジンをかけて言った。

——こちらアサド。後続車も問題ありません。

後部座席の啓吾が、後続の車に無線連絡を入れて答えた。〝アサド〟はアラブ語でライオンという意味である。彼は小型の無線機を警備会社から渡されていた。

「出発」

浩志は開け放たれた窓から左手を上げ、前に振った。

空港ゲートの攻防

1

八月十五日、午後四時三十五分。カブール。

警備会社を出た七台の車列は、グリーンゾーンを避けてシャー・アリ・カーン・ロードからスル・ロードを経てアワリ・メイ・ロードに出た。

米軍のエアカバーは確かにあり、軍事作戦を知らない者ならそれだけで安心できるだろう。だが、車両が襲われてヘリが応戦した場合、流れ弾(だま)で周囲の民間人を巻き込んでしまう。ヘリの銃撃手も簡単にはカバーできないだろう。

途中で二ヶ所のタリバンの検問所を通過している。日本の大使館職員を移送していると言ったが、欧米の大使館ではないという理由で彼らは通行に難色を示した。敵対する欧米以外の国まで国外退去することは、タリバンにとって望まざる国交断絶になるからだろう。

　約二十年前、タリバンはイスラム法の法解釈を厳格に実行し、国民を虐待して世界を敵に回した。政権を維持できなかった教訓が多少なりともあるのかもしれない。

　啓吾は検問所のタリバン兵に日本政府の心証を考えるべきだと説得を試みたが、なかなかうまくいかなかった。検問所の民兵の数は、十人前後。浩志らなら彼らを殲滅して強行突破できるが、目の前の小隊を潰せば、結果的に市内に侵攻してきた数千人のタリバンの民兵を敵に回すことになる。今後のことも考えれば下手に出るほかないのだ。最後は、浩志がタリバン旗を見せて庇護を受けていることを示して彼らを納得させた。

　だが、検問所を通るたびに同じ説明をしなければならなかった。検問所と言っても、交差点上をハンヴィーやテクニカルで塞ぎ、通行する車を調べるだけの簡易なものだ。

　彼らは無線機を持っているのかもしれないが、統括する本部とリアルタイムで連絡ができるわけでもなさそうである。与えられた任務をこなすだけなのだろう。兵士らが交通を遮断することで、タリバンが制圧したことを知らしめるのが目的に違いない。

　気温は二十九度、湿度は十数パーセント。乾燥した空気中に細かい塵がいつも浮遊している。だが、ドアウィンドウは、銃撃戦に備えてすべて開けてあった。防弾ガラスでもない車のウィンドウは、銃撃の邪魔になるだけだからだ。そのため、浩志らは喉の渇きと埃を防ぐべくアフガンストールで口元を覆っていた。

三百メートルほど先の交差点で左折し、四番マクロヤン・メインロードを抜けてエアポート・ロードに入る予定だ。アビーゲート前から三百メートルほど渋滞しているらしいが、一時間もあれば空港内に入れるだろう。最悪の場合、徒歩で行けばいい。

米軍は、『日本大使館の職員が軍用機に乗りたいのなら日本時間の午後十時半までに空港に集合するように、それ以降は安全を確保できない』と通達してきた。現地時間では午後六時までということだが、なんとか間に合うだろう。

四番マクロヤン・メインロード交差点が渋滞しているようだ。車が十数台動けない状態になっている。

「検問渋滞でしょう」

スピードを緩めた田中が、舌打ちをした。

前方で停止している車の車体に無数の火花が散った。

「止まれ！」

浩志は声を張り上げた。

渋滞ではなく、交差点で銃撃戦が起きているのだ。

「タリバンか！」

急ブレーキをかけた田中が、ギアをバックに入れた。

「バックだ。バックさせろ！」

浩志は窓から身を乗り出し、後続のバスに下がるように手を振った。だが、六台のカローラの後ろにも二十台近い車が停止しているのだ。

左手に停めてある車の陰から、複数の男がＡＫ47で交差点の車に乱射している。銃撃された車から飛び出した男たちが反撃を始めた。どちらも民兵だが、どちらがタリバンかは分からない。あるいは仲間割れか。すでに双方で死傷者を出している。

流れ弾がハイラックスのボンネットに当たった。

「おっと」

田中が肩を竦(すく)めた。

「まだ撃つなよ」

浩志は車から降りて辰也らに命じると、後続の車の前まで走った。足元で銃弾が跳ねる。流れ弾ではない。狙(ねら)われたのだ。

「どうしたらいいんだ！」

カローラの運転手が、窓から身を乗り出して尋ねた。

「Ｕターンだ！　五百メートル手前で待っていろ」

浩志は銃撃者をチラリと見ると、中央分離帯を指差して叫んだ。六百メートル戻ったところにあるラウンドアバウトを西に向かい、別ルートでエアポート・ロードに出るのだ。

「分かった」

カローラの運転手は、ハンドルを切って十五センチほどの高さの中央分離帯を越えた。

「行け！」

浩志は後続の五台の車に次々と手を振り、最初の車に続くよう指示した。

銃弾が頭上を抜ける。

襲撃者は腰だめに撃っている。百メートル以上離れているので当たるとは思わないが、油断は禁物だ。

「行きますよ！」

田中はアクセルを踏んで中央分離帯を勢いよく乗り越え、タイヤを鳴らしてUターンした。荷台の辰也と宮坂は右手でロールバーに摑まって体を支え、アサルトライフルを構えている。彼らなら事態を収束させることができるが、襲撃者を刺激しないように発砲しなかったのだ。

「行くぞ！」

浩志は助手席に飛び乗った。

五百メートルほど戻ったが、大使館職員を乗せた六台のカローラの姿はない。

「いませんよ。どうなっているんだ？」

田中は路肩を見ながら首を捻った。

「停めてくれ」

浩志は襲撃現場から六百メートルほど戻り、ラウンドアバウトの手前で車を停めさせ、後部座席の啓吾を見た。

「連絡します」

啓吾が慌てて警備会社の無線機で連絡を取り始めた。

「なんだって！」

両眼を見開いた啓吾の声が裏返った。無線の内容はよくないらしい。

「すみません。カローラに同乗した警備員の判断で、警備会社に戻るそうです」

啓吾は険しい表情で言った。警備員が怖気づいたのかもしれない。銃撃戦を経験していない者なら当然だろう。それに銃撃戦があの交差点に限ったことなのかどうかも分からない。タリバン侵攻に反発する国軍の残存兵が、蜂起した可能性も考えられる。とすれば、カブール全体が、危うい。一旦戻るのが賢明だろう。

「馬鹿な。六時までに空港に着けなくなるぞ」

田中が振り返って声を荒らげた。

「警備会社に戻るぞ」

浩志はハンドルを軽く叩いた。

2

午後六時四十五分。カブール。

一機の米軍中型輸送ヘリコプターCH－46が、米国大使館屋上ヘリポートから飛び立った。大使館を閉鎖し、職員と現地スタッフを乗せた輸送ヘリである。

バイデン大統領は、七月二十八日、米軍が全面撤退すると記者会見した。その際、「タリバンは北ベトナム軍ではない」「人々がアフガニスタンの米国大使館の屋上からヘリコプターで運び出されるのを目にする状況にはならないだろう」と述べた。

だが、奇しくも八月十五日の夕刻のカブールで「一九七五年のサイゴン陥落」の悪夢は再現された。バイデンは軍事音痴だと言われていたが、それを証明したのだ。

米国が、何が何でもアフガニスタンから軍を撤退させたい理由はあった。米軍がアフガニスタンに侵攻してからの二十年間で、一日あたり一・〇五億ドル、日本円にして三百三十億円もの資金を費やした。しかも、パキスタンでのテロ対策費も合わせると、二兆ドルから三兆ドルもの資金を浪費したからだ。また、米軍人の戦死者が二千四百六十一人に上ったことも、米国民に暗い影を投げかけていた。

バイデンは前職のトランプ大統領が道筋をつけた撤退策を押し進め、「アフガニスタンという底なし沼」から抜け出したかったのだ。

カブール国際空港には南と北と東の四ヶ所にゲートがある。北と南は軍関係、東は政府高官などが使い、そのすぐ南側にあるアビーゲートは民間用とされていたが、各ゲートに人が殺到した。特にアビーゲートには何千人もの市民が押し寄せたのだ。

また、空港のフェンスを乗り越えた者が、滑走路にまで押し寄せた。すでに入場を許可されて空港内で順番を待っていた人々の列に無関係な人間が交じり、時間を追うごとに収拾がつかなくなった。

米国大使館から飛び立ったCH－46が移送した大使館関係者は、パニックを避けて軍用エリアに着陸し、C－17に乗り込んだ。タリバン侵攻のニュースを受け、空港では民間機の発着は全面停止している。そのため、空港内に押し寄せた人々は、まるでイナゴの群れのように駐機している軍用機に素手で食らいついた。

C－17は何十人ものアフガニスタン人を機外に乗せたまま動き始めた。大半は滑走路で振り落とされている。

「くそっ！」

兵舎の外で空港の様子を窺（うかが）っていた柊真は、舌打ちをした。

C－17が人を振り落としながら轟音（ごうおん）を立てて離陸したのを目撃したのだ。離陸する飛行機にしがみついていれば、振り落とされるのは分かり切っていることだ。だが、彼らはその判断すらつかないほど必死だったらしい。タリバンに支配される恐怖が、彼らの理性を奪ったということだろう。

「誰か、俺は悪夢を見ていると言ってくれ」

隣りに立っているマットが呻(うめ)くように言った。

「俺たちが、どんなに頑張ってもアフガン人は助けられないのか」

セルジオが額(ひたい)に手をやり、飛び立ったC－17を険しい表情で見送った。

「こんな馬鹿馬鹿しい光景を見るなんて……」

振り返ると、フェルナンドが両手で頭を抱(かか)えて空を仰(あお)いでいた。その頬(ほお)には涙が伝っている。普段は楽天的な男だが、意外と激情家で涙脆(もろ)いのだ。

「フェルナンド……」

セルジオは困惑した表情でフェルナンドの肩を叩いた。

「俺たちはあまりにも微力だ。だが、力を合わせれば多くの命が救えるはずだ」

柊真は仲間の前に立ち、拳(こぶし)を握りしめた。

「シット！　なんてこった！」

ワットは、離陸して急上昇するC－17に毒づいた。柊真と場所こそ違うが、機体に群がった人々を振り落としながら離陸するC－17を目撃していたのだ。

タリバンの検察を避けてザザイ邸を脱出したワットとマリアノは、米軍基地に身を寄せていた。二人とも予備役で米軍に籍があることもあるが、〝パイナップル急行〟作戦を指揮している将校を介して米軍兵舎を借りていたのだ。米兵のほとんどは撤退しているので、兵舎のベッドはいくらでも空(あ)いている。

「今飛び立った輸送機が、最後だと思ったのでしょう。離陸するほかなかった。パイロットは、一生うなされますよ」

何度も首を横に振ったマリアノは、C－17のパイロットに同情した。

「俺たちが救えるのはほんの一握りのアフガン人に過ぎない。それを肝(きも)に銘じよう」

ワットは滑走路に呆然(ぼうぜん)と立っている人々を見て、しみじみと言った。

3

午後十時四十分。カブール。

浩志らのハイラックスと大使館職員を乗せた六台のカローラは、夜更けを待って再びカブール国際空港に向かっている。

襲撃事件に遭遇したため、一旦警備会社へ戻っていた。付き添った警備員の判断で戻ったのだが、それが正解だったのかは分からない。パニック状態に陥(おちい)ったカブールでは情報が錯綜しているため、確かめようがないからだ。分かっていることは米軍の輸送機に乗れなかったことと、まだ生きていることだけだろう。

シャー・アリ・カーン・ロードからサルハ・ロードを経てアワリ・メイ・ロードに出る。襲撃があった交差点を避け、その手前で右折して細い路地に入った。突き当たりのカブール川沿いの道を北東に向かって進む。

街灯もない闇に埋もれた道を三キロほど走ったところで住宅街を抜けて北に向かい、カブール・ナンガルハル・ハイウェイを渡って再び路地に入った。アビーゲート周辺は夜になっても空港に入ろうとする何百人もの人々が野宿をして、道を埋め尽くしているという。そのため、東ゲートを目指しているのだ。

大使館職員が衛星携帯電話で、東ゲートに向かうと外務省を通じて米軍に連絡を入れたそうだ。だが、現地の米軍司令官に正確に伝わっているかは疑わしい。カブール陥落で現地駐屯軍だけでなく、米国政府も極度に動揺しているからだ。

浩志は大使館職員らが警備会社に身を潜めている間、仲間とともに周囲を警戒した。ザザイ邸を訪れたターリクのように、規律を守るタリバン兵ばかりではない。ヒジャブを被っていない女性に乱暴したり、国軍の元兵士だと分かるといきなり銃殺したりするタリバン兵もいるのだ。それに、タリバン兵の格好をして略奪する市民もいるという。紛争地では、規律を守らない兵士だけでなく、一片のパンのために他人を殺害する市民が少なからずいる。

どちらも凶悪で始末が悪いのは同じだ。問題なのは、タリバンと民族衣装を着たアフガニスタン人の見分けがつかないことだろう。

「まるで廃墟ですね」

ハンドルを握る田中が周囲の暗闇を見て呟いた。

灯りを点けている家はまったくない。アフガニスタンに取り残された人々は、タリバンの報復を恐れて息を潜めているのだろう。

路地に入ってから住宅街を五分ほど走り、空港の周回道路に出ると右折して数十メートル進んだ。

「えっ」

田中が小さく声を上げて車を停めた。すぐ先に小さな広場があり、何十人もの人が蹲っているのだ。広場は東ゲート前のロータリーである。ここでも野宿して空港のゲート前で留まっている市民がいるらしい。民間機の離着陸は停止しており、再開までは時間がかかるはずだ。軍用機に乗せてもらえるという一縷の望みに賭けているのだろう。

ゲートの周囲は、アビーゲートと同じコンクリートの擁壁で囲まれていた。三メートルの高さがある鉄製の扉は閉じられている。

「私が聞いてきます」

啓吾が後部座席から降りた。

浩志も無言で車を降り、ハイラックスの荷台で警戒している辰也と宮坂に目配せして啓吾に従った。周回道路にタリバンの姿はなかったが、油断はできない。

啓吾は広場を横切り、ゲートの前に立った。

「やはり、米兵はいませんね」

周囲の闇をゆっくりと見回した啓吾は、首を横に振った。

「そのようだな」

浩志は鉄製の扉を拳で叩いた。擁壁の背後の高い位置に見張りの兵がいるはずだが、下からは見えない。彼らも狙撃を恐れて頭を出すようなことはしないのだろう。

「あなたたちは、タリバンなのか?」

近くにいる初老の男が、浩志を見て恐る恐る尋ねてきた。

「まさか。我々は日本人です」

啓吾は苦笑して答えた。辰也と宮坂はハイラックスから降りてアサルトライフルを構えている。浩志もそうだが、仲間がタリバンに見えても仕方がない。

「ほっとしたよ。みんなあんたたちを見てぶるぶる震えている」

初老の男も笑って見せた。遠巻きにしている人々がこちらを見ている。暗くてよく分からないが、四、五十人はいるようだ。

「米兵を見かけませんでしたか？」

「兵隊は、明日の朝まで顔を見せない。日が暮れたら、ゲートが閉じられたんだ。夜が明けるまで開かないだろう。あんたたちも、一旦、家に戻るか、ここで野宿するほかないだろうね。私はドイツのビザを持っているが入れてもらえなかったんだ」

初老の男は、答えると長い溜息（ためいき）を吐（つ）いた。

「うん？」

浩志は耳をそばだてた。鉄製の扉の向こうから足音が聞こえるのだ。

突然鉄製の扉が開き始め、数人の米兵がＭ４を構えて現れた。浩志が扉を叩いたことに気付いたらしい。

「日本人の大使館職員か？」

指揮官らしき兵士が、啓吾を見て尋ねてきた。外務省からの連絡は通じていたようだ。

「そうです。あの六台の車に乗っています」

啓吾はカローラを指して答えた。

「お入りください。空港ビルまで案内します」

上官がハンドシグナルで部下をカローラの元に走らせ、周囲のアフガニスタン人に銃を向けて下がらせた。無関係な住民まで入場させないためである。

様子を窺っていた大使館職員が車から降りてきた。

「私は彼らが輸送機に乗るまで見守ります」

啓吾はゲートに向かって走ってくる職員に手招きしながら言った。

大使館職員は粛々とゲートの中に消えて行く。誰しも血を抜き取られたように青白い顔をしている。空港に到着したからといって安心できないのだろう。

「それがいいだろう」

浩志は腕組みをしてゲートを見つめた。

4

八月十六日、午後二時四十分。カブール国際空港。

啓吾は空港ビルの窓から滑走路を見つめていた。

昨夜、米軍から大使館職員と一緒に空港への入場を許され、空港ビルに案内された。だが、それは言葉通り、ただ空港内に入れたというだけだ。ビルの中には出発便を待つ何百人もの退避者がおり、昨夜は彼らと一緒にロビーの床で眠った。

今朝から米軍や英軍などの輸送機が離着陸しているが、空港ビル内の退避者の数は一向に減らない。退避者が輸送機で運ばれても、空港外から新たに流入してくるからだ。

日本政府はカブール陥落を受け、米軍機に余裕がある場合は大使館職員を乗せてもらえるよう〝覚書〟を米国と交わしている。だが、今のところ、米軍機にゆとりはないようだ。

大使館職員は、米軍の迎えが来ないことに憔悴しきっている。帰国の目処が立たないためでもあるが、タリバンが空港にまで攻めてくるのではという恐怖のせいでもあるのだろう。

タリバンは昨夜遅くにナンバー2であるアブドゥル・ガニ・バラダル師がビデオ声明を出し、勝利を宣言した。一方で、国外逃亡したガニ大統領は「流血の事態を避けるため出国することが最善だと考えた」と、フェイスブックに投稿している。大金を詰め込んだスーツケースを手に、いち早く逃走した指導者らしい言い訳だ。

空港ビルの退避者は、これらのニュースをSNSやネットニュースで知っており、絶望感を味わっていた。

空港まで護衛してくれた浩志らは、大使館職員が空港に入ったのを見届けるとザザイの屋敷に戻っている。啓吾が大使館職員を送り出したらまた迎えに来てもらうことになっていた。

「片倉さんですよね？」

不意に日本語で声を掛けられた。

「えっ？」

啓吾は振り返って両眼を見開いた。迷彩戦闘服を着た柊真が立っていたのだ。

「やっぱり、そうだ。こちらの大使館に勤務されていたんですか?」

柊真は笑みを浮かべて言った。肩からFA－MASを提げ、レッグホルスターにも銃を差し込んでいる。しかも同じような格好をした三人の兵士もいた。

「私は現地の職員の付き添いです。それよりも明石さんは、どうして?」

啓吾は目を丸くした。

「我々は、フランスに協力したアフガン人の退避作戦のために来たんですが、今日は出番がなさそうなので、空港内のパトロールに駆り出されたんですよ。仲間を紹介します。右からセルジオ・コルデロ、フェルナンド・ベラルタ、マット・マギー。みんなレジオネール名ですけどね」

柊真はフランス語に切り替え、屈託なく笑った。彼は啓吾が多言語話者と知っているので、仲間にも分かるようにしたのだろう。

「ケイゴ・カタクラです。はじめまして。武器は携帯していませんが、私も退避作戦の支援で来ました。リベンジャーズのメンバーも一緒ですよ」

啓吾は、フランス語で浩志と辰也と宮坂と田中の四人だけでなく、ワットとマリアノも来ていることを教えた。いずれも柊真と面識があり、親しいことを知っているからだ。

「えっ。藤堂さんも来ているんですか?……なるほど。片倉さんは、日本政府の命令で来たんですね。中東の研究者だけに適任ですよ」

柊真は両眼を見開いたが、アフガニスタンを知り尽くしているリベンジャーズの面々がいることを納得したようだ。

「それが、ちょっと複雑でね。日本政府は、まだ、民間機でアフガン人が移送できると思っているんだ。明日になれば、何便か民間機が飛ぶかもしれない。だが、空港周辺には何千人ものアフガン人が退避しようと待っているんだ。民間機が使えるわけがない。政府はこの現状を理解できないんだよ」

啓吾は溜息を吐いた。

「日本人は長いこと紛争に関わっていませんから、理解できないのも無理はありません。もっとも、欧米の国だったら、紛争地の救出に民間機を使おうとは思いません。まずは軍用機、日本なら自衛隊機ありきでしょう」

柊真は気まずそうな顔で笑った。

「だからこそ、一刻も早い自衛隊機の出動を要請していたんだがね」

俯(うつむ)いた啓吾は、小さく首を横に振った。

自衛隊法第八十四条の三の第一項に従えば、自衛隊による邦人の保護には、現地政府が正常に機能していることが条件づけられる。それが、消え去った今、邦人と日本に協力したアフガニスタン人を救出するには、法律の解釈を変えなくてはならないだろう。それを啓吾は危惧しているのだ。

「自衛隊法を気にされているんですね。大丈夫ですよ。アフガニスタン政府は、崩壊しましたが、少なくとも空港内は安全ですから。しかも、この空港を守っているのは米軍だけじゃなく、欧州軍もいます。タリバンが攻めてきても守り切りますよ。それに藤堂さんもいるんでしょう？　リベンジャーズなら中隊クラスを殲滅できる」

柊真は、仲間と顔を見合わせて笑った。

「リベンジャーズもすごいが、ケルベロスも最強だぞ」

セルジオが右拳を前に出すと、フェルナンドとマットが自分の右拳をぶつけた。

「お話し中すみません。片倉さん。よろしいでしょうか？」

大使館職員の後藤が、控えめに声を掛けてきた。大使の補佐をしている生真面目な男である。

「俺たちは、このままパトロールを続けます。藤堂さんに連絡してみますよ。情報、ありがとうございます」

柊真は軽く手を振って仲間と立ち去った。彼はパトロールをしながら情報を集めているのだろう。

「どうされましたか？」

啓吾は柊真たちを見送ると、後藤に尋ねた。

「米国からの返答がありません。今日はもう輸送機の予定はないようです」

後藤は沈んだ声で答えた。

「明日は？」

啓吾は眉(まゆ)を僅(わず)かに上げた。

「明日も分かりません。ここだけの話ですが、政府は英国に打診しているそうです」

後藤は声を潜めた。

「米国は、やはりあてになりませんか？」

啓吾は目を細めて尋ねた。

後藤は感情的に米国を非難した。

「米国は自分の尻拭(しりぬぐ)いで、他国に構っていられないのですよ」

「そうですね。米国が救う対象者は万単位です。輸送機に余裕がないのは当然ですよ」

啓吾も同感だったが、大使館職員の前で口にしないようにしていた。

「ちょっと、失礼します」

後藤は呼び出し音を上げる衛星携帯電話機に出た。

「……本当ですか。なるほど。……そういうことですね。了解しました。ありがとうございます」

話しながら何度も頷(うなず)く後藤は、最後は頭を下げて通話を切った。

「明日、英国の輸送機に乗れる可能性が出てきたそうです。政府が英国政府に打診したところ、十二人ならなんとかなりそうだというのです」

後藤は目を輝かせながら話し、右手を差し出した。

「くれぐれも、政府関係者によろしくお伝えください」

啓吾は握手をすると、同僚の元に駆けていく後藤の後ろ姿を複雑な思いで見つめた。

5

午後十時二十分。カブール国際空港。

ワットとマリアノは、北ゲート近くの下水トンネルを抜けて空港の外に出た。

三つの空港ゲートからの夜間の出入りは禁止されている。それにゲートの外は退避を求めるアフガニスタン人で溢れかえっているため、鉄製の扉を開けることすらできない。密かに出入りするには下水トンネルしかないのだ。

空港内の汚水は下水トンネルを抜け、空港周囲の排水溝に垂れ流されている。二人は排水溝から這い出し、タジカン・ロードの道端に置いてある古いダットサントラックに乗った。カブールの中古業者から買い取ったものだ。

「鼻が曲がるかと思ったぜ」

助手席のワットはタクティカルブーツの臭いを嗅いで、右手で大袈裟に扇いだ。

「どこかでブーツを洗おう」

マリアノがマットの芝居がかった仕草に苦笑し、エンジンを掛けた。二十年前の型だが、一発でエンジンがかかった。砂漠を縦横無尽に走るテロリストに未だに人気があるのも頷ける。

タジカン・ロードを五キロほど西に進んだ。マリアノは、カブリスタン・へ・カハ墓地の手前に停めてあるハイラックスのすぐ後ろに車を停めた。

ハイラックスの助手席から浩志が降りてきた。荷台にＡＫ47を構える辰也と宮坂が乗っている。彼らはペロン・トンボンにアフガンストール、頭にはパコールを被っており、見てくれはタリバンと区別がつかない。

「荷物は持ってきたか？」

ワットもウィンドウから顔を出し、浩志に尋ねた。

「二つだ」

浩志はハイラックスを見て答えた。後部座席には、日本のＯＤＡに長年従事したアフガニスタン人のアリ夫妻が乗っている。啓吾は日本政府が退避対象とした五百人のアフガニスタン人と自分で調べ出した三百人の対象者の中から、米国の仕事もした経験者を十八人ほど選び出してリストにした。

浩志はそのリストをワットに送り、米軍の退避対象者に加えるように頼んだ。日本の救出計画は大きく遅れている。たった十八人だが、米軍輸送機に乗せる方が確実である。ワットは脱出計画の総指揮官に掛け合ってくれたのだ。

「それじゃ、行こうか。今日は五つなんだ」

ワットは五本の指を立ててにやりとした。彼らが救出する五人の退避者と浩志が連れてきた二人を一緒に空港に入場させ、明日の朝の輸送機に乗せるのだ。

「了解」

浩志はハイラックスに戻った。

ワットのダットサントラックが追い越す形で先に進み、ハイラックスはその後に続く。

「俺たちができることは、せいぜい十八人を助け出すことでしょうか？」

ハンドルを握る田中が沈んだ声で言った。

「今からでも自衛隊機がくれば、五、六百人は助けられるだろう。それまでは確実に救えるアフガン人を助けることだ。数人なら俺たちだけで陸路を使って国外に脱出させられるだろう。だが、数百人という人数は輸送機じゃなきゃ助けられない」

浩志はダットサントラックのテールランプを見ながら答えた。

「何か問題でもあるんですか？」

後部座席のアリが尋ねてきた。浩志らが日本語で会話をしだしたので、不安に思ったのだろう。彼は二十代後半で、十代のころに米軍基地で雑用係として三年間働き、その後日本のODAで六年間働いた。そのODAは昨年、事業終了と同時に契約は切れている。そのため、政府が選定した五百人の退避対象者からは漏れているのだ。妻のジャディアとは八年前に同じODAの職場で出会って結婚していた。彼女も対象者ではない。

「大丈夫だ。心配はいらない」

浩志はパシュトー語で答えた。

二台の車はタジカン・ロードから右折し、住宅街に入った。ここまではタリバンの検問所はなかったが、幹線道路はなるべく避けるべきだからだ。

三キロほど北部の住宅街を走り、ダットサントラックはモスクの前で停まった。待ち合わせ場所なのだろう。浩志らはいつものごとく行き先を教えられていない。

モスクの陰から二人の男女と三人の子供が現れた。男女は夫婦らしく、子供たちは見たところ十歳に満たない。妻と三人の子供はダットサントラックの後部座席に、夫は助手席に乗り込み、アフガンストールで顔を覆ったワットが荷台に乗って手を振った。Uターンして先に行けということだ。

「次の停車駅は、空港前です」

田中がパシュトー語で冗談っぽく言うと、車をUターンさせて来た道を戻る。

五分後、カブリスタン・ヘ・カハ墓地の脇を通ってタジカン・ロードに出た。ここから五キロ東に進めばいいのだ。

「むっ！」

浩志は眉を吊り上げた。百メートルほど先の道の両脇に、タリバン旗を掲げたテクニカルが停めてあるのだ。

「まずいですね。どうします？」

田中がスピードを緩めた。近くにタリバンの民兵がいる可能性がある。後続車のことも考えると、目を付けられるような行動は慎むべきだろう。

テクニカルの陰からＡＫ47を構えた男たちが現れ、道を塞いだ。

浩志はバックミラーを見た。ダットサントラックはヘッドライトを消し、脇道に逸れた。タジカン・ロードの南側は住宅である。空港近くまで住宅街の路地裏を縫って行けるだろう。途中でトラブルになった場合は、空港の北ゲート近くで合流することになっている。

田中は男たちの前で車を停めた。

「こんな夜遅く、どこに行く？」

助手席側に立った男が、浩志に尋ねた。

「親類の家で病人が出て見舞いに行ってきた。これから家に帰るところだ」

浩志は欠伸をしながら答えた。

「どこに住んでいるんだ？」

男は車内を覗き込みながら言った。

「カライ・ザマンカーン・ロードだ」

浩志はさりげなく周囲を見た。タリバンの民兵は目視できる限り、六人だ。

「それって、どこだ？」

男は首を捻った。彼らは田舎町の出身者が多いのだろう。首都の地理など、知らないに違いない。

「カブールの東側だ。悪いが疲れている。家に帰らせてくれ」

浩志はまた欠伸をしてみせた。

「分かった。だがその前に、後ろの女を降ろせ。ヒジャブを被っていない。鞭打ちをしてから帰らせる。急ぐんだったら、置いていけ」

男はにやけた表情で言った。仲間も薄笑いをしている。ヒジャブを口実に、アリの妻を犯そうという魂胆だろう。

「乱暴は止めてくれ。話をしないか」

浩志はドアを開けると、ゆっくりと外に出た。道の左手は荒地、右手はスーパーマーケットだが、市内のほとんどの商店は昨日から閉店したままである。わざと人気がない場所で検問しているのだろう。

「おまえが代わりに鞭で打たれると言うのか。罪を犯したのは、女だ。男には関係ない。さっさと女を降ろして失せろ！　死にたいのか！」

男は浩志の胸を押し、ＡＫ47の銃口を向けた。

タリバンの総数は六万五千人から二十万人以上、戦闘員は十万人と言われている。その十万人がすべて訓練を受けて戒律を守っているかと言えばそうではない。暴力を好むただの下衆野郎も相当数いるのだ。

「仕方がないな」

浩志は隠し持っていたタクティカルナイフを目にも留まらない速さで振り、男の頸動脈を切り裂くと、そのナイフを投げて数メートル先の男の眉間に命中させた。

「クリア！」

辰也と宮坂が遅れて言った。彼らは浩志の動きに合わせて荷台から飛び降り、四人の民兵をナイフで刺し殺していたのだ。田中は車を出すために運転席で待機していた。六人の民兵を音も立てずに抹殺するのに、浩志らだけで充分と分かっていたのだ。長年一緒に闘っているので、阿吽の呼吸である。

「死体をテクニカルの陰に隠せ」

浩志は自分が倒した男たちを担ぎ、テクニカルの背後に転がした。

辰也と宮坂は死体を軽々と持ち上げ、テクニカルの荷台に投げ込んだ。タリバンが気付くのは、明日の朝だろう。

「行くぞ」

浩志は車に飛び乗った。

6

八月十七日、午前九時二十分、市谷(いちがや)、傭兵代理店。

防衛省の北門近くにある〝パーチェ加賀町(かがちょう)〟というマンションの地下二階に傭兵代理店の本部がある。

マスクをした瀬川里見は、代理店のスタッフルームにあるコーヒーメーカーでコーヒーを淹(い)れると、空いている席に座った。

スタッフルームの奥の壁に一〇〇インチモニターがあり、それを中心に世界中の情報を表示した四〇インチのモニターが無数に並んでいる。また、パソコンが置かれたデスクは、二十席も用意されていた。

これらのシステムは、友恵が自作したスーパーコンピューターによって動いている。防衛省の地下一階から四階にある中央指揮所の機能を凝縮させたような戦略的指揮所だと、池谷がいつも自慢している。

代理店スタッフの中條修と岩渕麻衣が、自席で黙々と仕事をしていた。瀬川はもともと陸自の空挺団から出向し、スタッフとして働いていた。その後独立してリベンジャーズに参加している。だが今も、普段は代理店の臨時スタッフとして働いていた。また、〝パーチェ加賀町〟には池谷をはじめとしたスタッフが住んでおり、瀬川も四階の一室を借りているので未だに正式なスタッフと同じようなものなのだ。

瀬川はパソコンでメールの確認をすると、コーヒーカップを手にスタッフルームを出た。廊下は右手に続いており、友恵の仕事部屋と池谷の執務室、他に武器庫もある。正面のドアを開け、ブリーフィングルームに入った。作戦室としての役割もあるが、普段は大きな長テーブルが中央に置かれた会議室として使っている。昨年からテーブルには新型コロナ対策のために感染防止のアクリル板が置かれていた。

「今日も来たのか？」

瀬川は近くの椅子に座った。

長テーブルの椅子に、村瀬政人と鮫沼雅雄が座っている。彼らは海自最強の特殊部隊・特別警備隊員だったが、浩志の理念に賛同してリベンジャーズの一員になった。リベンジャーズのメンバーなら、傭兵代理店に自由に出入りができるのだ。もっとも、エントランスの監視カメラの映像がスタッフルームのモニターに送られるので、瀬川は二人が来たことを知っていた。

「今日も天気が悪いので、暇なんです。藤堂さんたちの情報がないかと思いまして」

村瀬が小さく肩を竦めた。東京は、五日ほど前から雨が降り続いている。村瀬らは船外機付きのレジャーボートを二隻保有しており、東京湾で貸しボート業を営んでいた。夏は書き入れ時だが、悪天候で閑古鳥が鳴いているらしい。

「片倉さんは大使館職員とともに、まだカブール国際空港で待機を余儀なくされているらしい。現地は未だにパニック状態のようだ。民間機の発着が再開していないので、藤堂さんらも実質的に動けないらしい」

瀬川は二人の対面に座って言った。

「どのみち我々の出番はなさそうですね」

村瀬は大きな溜息を吐いた。

浩志がアフガニスタン行きの任務を四人に限定したのは、予算の問題があった。今回、三人のメンバーを選定するにあたっては、仲間のスケジュールも考慮して決めたのだ。

メンバーを限定するのは今回に限ってのことではない。浩志は任務に対して仲間の能力に応じて選ぶが、副業のスケジュールも考慮する。

今回の任務は陥落前のカブールを調査する啓吾の護衛のため、浩志はパシュトー語の会話ができることを第一条件とした。

選別に漏れた仲間は納得していたが、カブールが陥落したことで誰しも浩志らの助けになればとアフガニスタン行きを望んでいた。カブールの現状は、ニュースでも流れているが扱いが少ないため、村瀬と鮫沼は用もないのに傭兵代理店に顔を出すのだ。

日本のメディアが扱うのは、相変わらず新型コロナの問題である。また、政界がもっとも関心を示しているのは、次期総裁選だ。政治家にとってアフガニスタンのことは他人事である。

「カブールの状況は悪化している。だが、出番があるかどうかは、分からないぞ」

瀬川はマスクを下げてコーヒーを飲みながら言った。

「自腹でもいいから行きたいですよ。しかし、今は行こうにも手段がありませんから」

鮫沼が恨めしそうに首を横に振った。

「コロナを恨むしかないな」

瀬川も椅子の背もたれを倒して天井を見つめた。

「おっ」

呼び出し音を上げるスマートフォンを、瀬川はポケットから出して電話に出た。

「お客のようだ」

通話を終えた瀬川は、ブリーフィングルームを出た。池谷から二階の応接室に来るように言われたのだ。

二階は、エレベーターのドアが開くといきなり応接室になっていた。数年前に改装し、エレベーター前の部屋と直接繋げたのだ。このフロアの他の部屋は倉庫にするなどして、現在は使われていない。

池谷の計画では、二階のフロアは事務所スペースにして傭兵代理店の表稼業になる会社を設立する予定だったが、新型コロナの影響で頓挫しているのだ。

「今、コーヒーをお出しするところです。先にソファーにお座りください」

応接室に入ると、出入口近くのカウンター前に池谷が立っていた。カウンターには業務用のコーヒーメーカーが設置されており、カウンターの背後にある棚にはコーヒーカップやグラスが整然と並べられている。

カウンターの前は背の高いパーテーションで仕切られており、その奥にソファーとテーブルがある。壁には印象派の絵画が飾られ、美術館の一角のような空間になっていた。

「恐れ入ります」

頭を下げた瀬川は、パーテーションの奥に入る。

「久しぶりだな」

ソファーに座っていた男が、立ち上がって笑った。

「一色！　久しぶり！」

破顔した瀬川は、一色と握手を交わした。身長一八六センチの大男は、一色真治。陸上自衛隊二等陸佐、所属は陸自最強の特殊部隊、特殊作戦群の副群長である。瀬川とは同期で空挺団に所属していた。

傭兵代理店は、海外と違って日本では法的な問題点があるため、公の組織ではない。だが、一色は十数年前から傭兵代理店との付き合いがあり、彼の問い合わせに池谷が快く応じたのだ。

特戦群が陸自最強と言われる所以は、選び抜かれた隊員が陸自で最も厳しい訓練を受けているからだ。訓練は極秘に行われ、公開されることはない。実戦経験のある先進国の特殊部隊との合同訓練もあるが、リベンジャーズとの合同訓練も過去数回あった。池谷は防衛庁出身で、退職後も防衛省とパイプがあるため、特戦群との訓練が実現したのだ。

「今日は池谷社長に頼み事があってね」

一色はソファーに腰を下ろして言った。

「カブールの現状についてお知りになりたいそうです。直接いらっしゃったので、瀬川さんもお呼びしました」

池谷がコーヒーカップをテーブルに載せた。

「政府が自衛隊機を派遣した場合に備えるためだよ」

一色は池谷に頭を下げて言った。

「おまえなら外務省に問い合わせればいいだろう」

瀬川は苦笑した。

「自衛隊機の派遣は、政府が了承してから外務省が防衛省に要請するのが手順だ。まだ何の接触もないのに、防衛省から外務省に資料請求をすれば、越権行為と見られる。政治の世界は面倒なんだ。そもそも政府は輸送機の派遣をまだ考えていないからな。呆れて物が言えない」

一色は荒い鼻息を吐いた。

日本は敗戦の経験から自衛隊が政治の前面に出ないように習慣づけられている。自衛隊関係者も、それが身についているのだ。

「防衛省は昔からそうですよ。そもそも自衛隊という名前は、軍隊を持たないという縛りへの苦肉の策ですからね。だからこそ、自衛隊機派遣という考えが政府関係者には浮かばないのです」

池谷はカウンターの上から書類を取り、一色に渡した。

「すばらしい。正直言って、こんな詳細な情報が得られるとは思いませんでした。どこから入手したんですか？」

一色は書類を捲りながら頷いた。

「外務省から内調に出向した片倉啓吾さんの報告書です。現在、カブールで調査活動をされています。片倉さんから外務省と内調にも同じ資料が送られているそうです」

池谷は淡々と答えた。

「カブールで活動？　それでは、片倉さんは大使館職員と一緒に脱出するんですね」

一色は書類を見ながら言った。

「いいえ、日本に協力したアフガニスタン人を救うべくお残りになります。そのために藤堂さん、浅岡さん、宮坂さん、田中さんの四人が護衛についています」

池谷は啓吾の行動と現状を説明した。

「なんと、藤堂さんが……そういうことでしたか。それでは、この書類をありがたくいただきます。情報提供のご請求書は私宛てに送ってください」

一色は書類を掲げるようにして頭を下げた。

「お代はいりません。防衛省には、後ほど別の形でご請求しますので」

池谷はにやりと笑った。

ＴＪＮＯ

1

八月十八日、午後八時。赤坂(あかさか)某ホテル。

四十平米ほどの小宴会場の中央に長テーブルが置かれ、スーツを着た六人の男が座っていた。テーブルの中央には、アクリルの透明なパーテーションが設置してある。新型コロナで集客力を失っているホテルは、宴会場を会議室として貸し出しているのだ。

ウェイターが緊張した面持(おもも)ちで男たちの前にコーヒーカップを並べ、別のウェイターがポットからカップにコーヒーを注(つ)いでいく。彼らが強張(こわば)った表情をしているのは、六人の男たちがいずれも鍛えた体をしており、髪が短く切り揃(そろ)えられているからだろう。どう見ても普通の民間人ではない。しかも、男たちは誰もが気難しい顔をしているのだ。

「ごゆっくり」

カップにコーヒーを注ぎ終えた二人のウェイターは、出入口で頭を下げて出ていった。

「急な勉強会にもかかわらず、お忙しい中お集まりいただいた皆さんに感謝します」

テーブルの端に座る一色は頭を軽く下げた。彼は陸海空の枠に囚(とら)われずに、自衛隊の幹部クラスを集めてたびたび勉強会を行っていた。

今回はカブール陥落を受けて、一色を含めて三人の佐官とそれぞれの直属の部下一名を伴っての勉強会としている。勉強会は定期ではないが、毎回一色が幕僚監部に勤務していたころに知り合った幹部自衛官を招集して開催していた。

自衛官は三佐になると、幹部となるべく防衛省にある幕僚監部での勤務を命じられる。幕僚監部と全国の部隊とを行き来し、指揮官としての経験を積みながら階級を上げていくのだ。一色も幕僚監部で勤務後に二佐になり、米国大使館の駐在武官補佐として働き、副群長として特戦群に戻っていたのだ。

いつもなら親睦(しんぼく)会も兼ねており、飲み会になっている。だが、新型コロナの流行で今回は六名と限定し、茶話会としていた。

「配ってくれ」

「はっ」

一色が命じると、隣りに座っていた額(ひたい)に傷跡がある部下の直江雄大(なおえゆうだい)一等陸尉がブリーフケースから書類を出し、立ち上がって他の男たちに書類を配った。特戦群で鍛え抜かれた男らしいきびきびとした動作である。

「これは……」

一色の正面に座る男が、書類に目を通して両眼を見開いた。甘島健二、陸自中央即応連隊に所属する二等陸佐である。

「皆さんに配ったのは、カブールの現状の報告書です。これと同じものが外務省と内調にも提出されているそうです」

一色は男たちを見て言った。

「今の時期ですから、アフガニスタンに関係していると思いました。しかし、中近東情勢に疎い日本にしては詳しいですね。外務省から手に入れたんですか？」

甘島が尋ねた。

「残念ながら、外務省が防衛省にこの情報をもたらすのはまだ先になるでしょう。この報告書は現地にいる内調の特別分析官から信頼できる第三者を介して提供されました」

一色は報告書を掲げて答えた。池谷から提供されたものだが、それを明かすことはできない。

「なるほど、今日の勉強会の面子の理由が分かりました。一色さんが招集をかけたのは、〝ＴＪＮＯ〟に関わる統合任務部隊のメンバーですね。しかし、日本の大使館職員は全員退避が完了しています。いまさら政府が自衛隊をカブールに派遣するでしょうか？」

一色の斜め前に座るのは、航空自衛隊第一輸送航空隊に所属する蜂須洋太二等空佐で、現役の輸送機のベテランパイロットでもある。

カブール国際空港で待機していた十二名の大使館職員が、前日に英国の輸送機に乗ってUAEのドバイに到着したという情報は防衛省も把握していた。

〝TJNO〟とは自衛隊法に基づく「在外邦人等の輸送」を意味する〝Transportation of Japanese Nationals Overseas〟の略語だ。その任にあたる部隊が統合任務部隊であり、陸海空自衛隊のうち二つ以上の組み合わせを一つの司令部の指揮下で有事や大災害に対処する部隊のことである。

「まだ、アフガニスタンに残留している日本人はいます。それに日本に協力したアフガン人も多数残されています。だが、政府は未だにアフガニスタンへの自衛隊機派遣を決定していません。情けないことに外務省と防衛省のトップですら、民間機での退避が可能だと信じているようです。タリバンがカブールを制圧した以上、状況は日に日に悪化します。もし、邦人だけ救出し、協力したアフガン人を取り残すようなことがあれば、日本は恩知らずの卑怯者として世界中から嘲笑され、信頼を失うでしょう」

一色は右拳を握り、眉間に皺を寄せて言った。カブールが陥落したにもかかわらず、具体的な行動に出ない政府に腹を立てているのだ。

「それは、我々も案じていました。輸送機を海外に飛ばすには支援部隊も必要になります。タクシーと違って、呼ばれたらすぐに駆けつけるというわけにはいきません。装備だけでなく要員の準備にも時間がかかります。仮に命令されても救出する機会を失えば、政府は自衛隊のせいにするでしょう」

　蜂須が言うと、甘島も頷いた。蜂須も甘島も二佐であるが、一色は先任なので敬語を使っているのだ。

「だからこそ、政府が輸送機派遣を決定した際、我々が統合任務部隊として即応できるように万全の準備をする必要があるのです」

　一色は甘島と蜂須を交互に見て言った。

「一色さんは、特戦群の出動もありとお考えですか？」

　甘島は真剣な眼差しで尋ねた。

　ＰＫＯなど自衛隊が海外に派遣される場合、対象者を護衛しながら輸送機まで誘導する誘導輸送隊が任務に就く。主な要員は中央即応連隊であるが、任務の危険度によっては特戦群も加わる。だが、彼らは決して公表されることも、マスコミに扱われることもないのだ。

「私はユニットを組んでカブールに行けるように要請するつもりです。実は私の知り合いが現地の特別分析官の護衛をしています。彼らは空港の外で活動しているので、情報だけでなく協力も得られるでしょう」

一色はそう言うと背筋を伸ばした。藤堂とは古い付き合いなので誇らしいのだろう。

「タリバンが制圧したカブールで活動しているのなら、頼もしい。その知り合いって、まさか……特戦群のユニットがすでに送り込まれているんですか？」

甘島は声を潜めて尋ねた。特戦群は自衛隊の中でも極秘行動をしているので、訝っているようだ。

「うーむ」

一色は甘島の質問に腕を組んで天井を仰いだ。

「ここに呼ばれた理由は、一佐が我々を信じられる同志と判断したからじゃないんですか？」

甘島は目を細めて尋ねた。特戦群に入隊した時点で、自衛隊員としての籍すら抹消される徹底ぶりなのだ。名前を表に出していいのは群長だけで、一色が所属を明かしているのは信頼の証と言える。

「いずれ君らも世話になるかもしれないから話そう。リベンジャーズという傭兵特殊部隊の四人がカブールにいる。いや、別行動をとっている二人もいるそうだから六人だな」

一色は声のトーンを落として答えた。

「リベンジャーズ？　本当ですか。実は幕僚監部の極秘資料にリベンジャーズというコードネームがありましたが、実在したんですね」

甘島は何度も首を縦に振ってみせた。

「ここだけの話だが、リベンジャーズとは合同訓練を何度かしている。彼らは実弾を掻い潜ってきた経験があるだけに我々は惨敗だったよ」

一色は太い声で笑った。

「是非会ってみたいですね」

甘島は身を乗り出して言った。

「カブールに行けば会えるよ。君らは派遣される可能性が高い。タリバンが制圧するカブールでの作戦行動だ。覚悟が必要だぞ」

一色は強い口調で言った。

「死を覚悟というのなら、もちろんあります」

甘島と蜂須は同時に頷いた。

2

八月十九日、午前八時。カブール。

浩志はザザイ邸のダイニングキッチンでアラビアンコーヒーを飲んでいた。

辰也もダイニングのテーブルでグロック17を分解掃除している。グロックは屋敷のリビングの床下から新たに見つけた武器庫の中にあったのだ。二人とも寛いでいるわけではない。ダイニングキッチンにある監視映像で屋敷の周囲を見張っているのだ。二人の前に見張りをしていた宮坂と田中と、二時間前に交代していた。

タリバンが大統領府をはじめとした政府関係施設を占拠してから四日たち、郊外に待機させていた本隊も市内に入れて完全にカブールを支配している。市内の要所に検問所を設け、カブール国際空港の各ゲートの近くにも検問所を設置した。そのため、空港に入るにはまず、タリバンの検問を先に受けなければならない。

また、欧米の協力者の捜索も本格化させており、タリバンは小隊で一軒ずつ捜し回っている。それは、カブールだけではなく、大都市で一斉に行われていた。

欧米の協力者を見つけ出してはその場で殺害している。タリバンは二十年前の恐怖政治を再現していた。

「片倉さんは、今日も起きてきませんね。大使館職員の付き添いで疲れたんですかね」

辰也は監視映像のモニターを見ながら呟いた。仲間は朝食を食べたが、啓吾はキッチンに現れていないのだ。

「精神的疲労だろう」

浩志はコーヒーを啜りながら言った。

一昨日、英軍輸送機に乗り込んだ大使館職員を見送った啓吾を、浩志らは空港の東ゲート近くまで迎えに行っている。アビーゲート前は相変わらず退避を求める市民で溢(あふ)れかえっていた。比較的落ち着いている東ゲートから啓吾は出てきたのだ。

屋敷に帰ってきたのは午後十時を過ぎていた。東ゲートから屋敷までは八キロ、車で十五分ほどの距離だ。だが、途中で三ヶ所のタリバンの検問に引っ掛かり、そのたびに時間を取られた。なんとか所持していたタリバン旗で切り抜けたが、一ヶ所では盗んだのかと疑われた。

昨日、啓吾は夜遅くまで日本に送る報告書を作成していた。だが、結局は無駄だと送らなかったらしい。かなり精神的に追い詰められているようだ。

「精神的に、ですか」

辰也は首を捻(ひね)った。啓吾は知力だけでなく体力もある。滅多(めった)にへこたれない男なので、訝っているのだろう。

「大使館職員はＵＡＥに退避した。アフガニスタンの大使館業務は、イスタンブールの日本大使館が引き継ぐことになったらしい。実質的に取り残されたアフガニスタン人への対応は、電話のみだ。日本はケツを捲(まく)ったと罵(ののし)られても仕方がないからな」

浩志は苦笑した。欧米の大使館職員は、カブール国際空港内に職員を残して業務を継続させている。日本の不甲斐(ふがい)なさに啓吾は落胆(らくたん)しているのだ。

「おはようございます」

啓吾がダイニングキッチンに現れた。

「今朝も、アフガンパンは売っていませんでした」

辰也は立ち上がって鍋で煮出したコーヒーをカップに注いだ。昨日から市内の店舗は閉じられ、行商人も見かけなくなっている。

「そうですか。ありがとうございます」

啓吾は辰也からコーヒーカップを受け取り、椅子に座った。

「残されたアフガン人はどうするんだ？」

浩志は啓吾をちらりと見て尋ねた。

「ＪＩＣＡや大使館職員が個々に連絡を取っているそうです。彼らはまだアフガン人を見捨てていないようです。ただし、政府の協力なしに脱出させることはできません。もっとも、大使館職員が退避したことでアフガン人は失望し、動揺しています。自力で陸路での脱出を試みる人たちもいるようです」

啓吾は、抑揚のない声で言った。食事は各自で勝手に食品棚から缶詰などを取り出して食べることになっている。料理は避けていた。匂いでタリバン兵を刺激する可能性がある。カブールを制圧した高揚感で、ちょっとしたことでも簡単に人殺しをするタリバン兵もいるからだ。

「おまえは、どう関わるつもりだ？」

浩志は表情もなく尋ねた。啓吾はクライアントだが、気を遣おうとは思わない。

「私は、現地にいる日本人として最大限の努力を払うつもりです」

「具体的には？」

「カタール政府と交渉するつもりです」

啓吾は静かに答えた。思い詰めた様子はない。熟考した上での結論だろう。

「それはいい考えだ。パイプはあるのか？」

浩志は頷いた。カタール政府はタリバンに理解を示している。タリバンがアフガニスタンの政権を勝ち取ることが分かっていたからだろう。タリバンと諸外国との橋渡しをすることで、国際社会での地位を高めようとしているようだ。

「メールでのやり取りだけですが、王族の一人に知り合いがいます。タリバンとの仲介を頼もうと思っています」

啓吾は立ち上がると、食品棚を物色し始めた。腹が減っているようだ。

「カタールの王族と何の話をするんだ？」

浩志は無精髭を触りながら尋ねた。髭はかなり伸びてきている。

「あくまでも自衛隊機が到着したらという想定ですが、空港までの護衛をカタール兵に頼もうと思います。というのも、六、七百人を移動させるには、三十台近くのバスがいります。一回では無理なので、二回に分けて運ぶとしても十五台前後の移動になるでしょう」

啓吾は早口で説明した。

「俺たちだけじゃ、護衛は難しいな」

浩志は小さく頷いた。

「タリバンはアフガニスタン人の海外脱出を快く思っていない。空港近くの検問所でアフガニスタン人を通さないと俺は思うよ」

辰也が腕組みをして言った。

「検問所を通過する許可を得る必要もありますね。米軍はタリバンと交渉に入っていると聞いていますが、日本も独自に交渉しなければなりません。これればかりは現地にいる私にしかできないと思います」

啓吾は何度も頭を上下に振った。

「他にもプランはあるぞ。少々手荒いが」

浩志は辰也の顔をちらりと見て笑った。タリバンにテロを仕掛けて市内を混乱させ、その隙に空港まで運ぶのだ。死傷者は出るだろうが、タリバンと交渉するよりは可能性があるだろう。

「すみません。お聞きしたいところですが、聞いたら取り返しがつかなくなる気がします。気のせいでしょうか？」

首を振った啓吾は、上目遣いで見た。

「そう思うんだったら、聞くな。タリバンと交渉するのなら、俺も同席させてくれ。おまえ一人じゃ、なめられるだけだ」

浩志はふんと鼻息を漏らした。

3

午前十時二十分。カブール北部。

宮坂と田中は、タジカン・ロード沿いの自動車修理工場で中古車を物色していた。

千平米ほどの敷地に、セダンやピックアップトラックなどの廃車が所狭しと並んでいる。ほとんど日本から輸入した中古車やパーツだ。

「意外とまともなタクシーの廃車はないな」

田中は文句を言いながら黄色いボディのタクシーの廃車を覗いていた。修理工場のオーナーに前金を払ってあるので、自由に見ていいと言われている。

タリバンはあまりタクシーを警戒しないということが分かってきた。検問でも中を覗いただけで素通りさせる場面を浩志らは何度も見ている。タクシーでは、客を乗せてカブールを脱出できないと思っているからだろう。

そのため、アフガニスタン人を移送するのにタクシーを利用しようと考えついた。だが、いちいちタクシーを呼ぶのは面倒なため、いっそのことタクシー車両を手に入れようとしているのだ。

「俺たちならパーツから組み立てられる。タクシーを一台作ろうぜ。このタクシーは二〇〇五年型だ。パーツはいくらでもあるだろう」

宮坂は右手を額に翳し、周囲を見回した。田中が見ているタクシーはドアの下が錆びついているが、ボディに凹みや傷はあまりない。だが、ハンドルやシートがないのだ。

「そうするか。それじゃ、シートとハンドルを見つけてくれ。俺はエンジンが動くかどうか、調べる。……なんてこった」

田中はボンネットを開けた途端、大きな溜息を吐いた。

「任せろ。こう見えても車の修理は得意なんだ」

宮坂は冗談めかして言った。彼は辰也と加藤の三人で〝モアマン〟という自動車修理工場を経営しており、車の修理はお手のものなのだ。

「待ってくれ、バッテリーがない。いや、それは適当に探すよ。エンジンもだな」

苦笑した田中は首を振った。

「分かった。パーツを探してくるよ。だが、明日までになんとかしなきゃな。なるべく早く終わらそうぜ」

宮坂は走り去った。

「エンジンオイルは、真っ黒。ブレーキオイルもゲージを下回っているな。徹夜すれば、なんとかなるか」

田中は溜息を吐きながらエンジンルームの配線を確かめた。

ポケットのスマートフォンが鳴った。

「はい、私です。えっ、いや、片倉さんは？ ……分かりました」

田中は頭を掻きながら通話を切った。浩志からの電話で、日暮れまでにタクシーを手に入れるように指示されたのだ。そのため浩志と辰也が、修理工場へ助っ人に来るという。また、啓吾を屋敷に一人残すのは危険なので、一緒に来るらしい。

四十分後、浩志と辰也と啓吾の三人が乗ったハイラックスが、自動車修理工場に到着した。

ザザイ邸からなるべく幹線道路を使わないようにしたが、タリバンの検問に二回遭って時間を取られたのだ。彼らも市内の地理が分かってきたらしく、抜け道の出入口に検問所を設けるようになった。もっとも、彼らも空港にさえ向かわなければ通してくれる。

浩志は車を降りると、車の墓場のような殺伐とした風景を見回した。

「藤堂さん、十一時方向ですよ」

辰也が指さした数十メートル先に黄色い車があった。ボンネットを開けて田中が作業をしている。

浩志と辰也は、廃車のタクシーに近付いた。

「ちょうどいいところに来ましたね」

田中はエンジンルームを覗きながら言った。

「何をすればいいんだ？」

浩志もエンジンルームを覗いた。エンジンはパーツを抜き取られており、砂を被っている。ボンネットに隙間があるのだろう。

「エンジンを取り外すのを手伝ってもらえますか？　このエンジンは、分解掃除しないと使い物にならないんですよ。代わりのエンジンは見つけてありますので、手っ取り早く取り替えます。エンジンルームの上に櫓を組んで小型ホイスト（クレーン）でエンジンを吊り上げます」

スパナを手にした田中は、エンジンルームに頭を突っ込んだまま答えた。エンジンを取り外しているらしい。櫓と言うより鉄製のゲージのような物が傍にある。

「了解」

浩志は辰也に目配せして、鉄製のゲージに手を伸ばした。簡易的な門型クレーンの台座で、折り畳み式になっている。

「私は何をしましょうか？　車の掃除でもしましょうか？」

啓吾が尋ねた。頭はいい男だが、メカに強いわけではないらしい。

「車が仕上がったら頼む。それまで、ハイラックスで仮眠しているといい」

浩志は辰也と門型クレーンの部品を持ち上げながら答えた。浩志は啓吾がこの数日ほとんど眠っていないことを知っているのだ。

「お言葉に甘えます」

啓吾は素直に応じた。

四時間後、エンジンを入れ替え、バッテリーも積んだ。エンジンオイルを交換し、ブレーキオイルも補充している。その間、宮坂と浩志はシートとハンドルも嵌め込んだ。辰也はドアの内側に厚さ十五ミリの鉄板を溶接して貼り付けた。万全を期すなら二十ミリの鉄板が必要だが、あいにく修理工場にあるのは十五ミリが最大の厚さだった。

「それじゃ、エンジンをかけますよ」

田中は運転席に乗り込むと、額に浮いた汗を手の甲で拭い、キーを回した。元の車にキーはなかったので、シリンダーごと別の車の物と交換してある。

エンジンは低い唸り声を上げたが、すぐにおとなしくなった。久しぶりに動いたので、驚いたようだ。

「やったぜ！」

辰也と宮坂が抱き合って喜んでいるが、田中は肩を竦めた。彼にとっては当然のことだからだろう。

「藤堂さん」

啓吾が声を掛けてきた。いつの間にか車から降りてきたようだ。

「車の掃除は、冗談だ」

振り返った浩志は苦笑した。

「違います。新たに四名のアフガン人が米軍の承認を得られました」

啓吾は自分のスマートフォンの画面を見せた。

「さっそく、このタクシーを使うか」

名前と住所を覚えた浩志は、タクシーの助手席に座った。

4

午後九時四十分。カブール国際空港。

空港北ゲート近くの下水トンネルからプロレスラーのような体格をした四人の男たちが排水溝に現れた。全員迷彩戦闘服を着てＦＡ－ＭＡＳで武装している。

四人の男たちは下水トンネルの排出口でＭ４を構えて立っている男の脇を抜け、排水溝をよじ上った。柊真と彼の仲間である。

タジカン・ロードにハイラックスが停めてある。柊真らは暗闇を衝いて車に駆け寄った。

「来ましたよ」

ハイラックスの運転席の田中が、ライトを点灯させた。

「早かったな」

助手席から浩志が顔を覗かせた。柊真から連絡が入り、協力して欲しいと要請されたのだ。ハイラックスに乗っているのはアフガニスタン人というより、タリバンの民兵のような格好をした浩志と運転席の田中の二人だけだ。

「お世話になります」

柊真とセルジオが後部座席に乗り込むと、マットとフェルナンドは荷台に飛び乗った。

「とりあえず、俺たちのアジトで打ち合わせをしよう。それにその格好じゃな」

浩志はバックミラーで柊真を見た。

「是非、お願いします。リベンジャーズのアジトを見たいと思っていたんですよ」

柊真は屈託なく笑った。

「抜け出して大丈夫なのか？」

浩志は冷めた表情で尋ねた。米軍に限らず、カブール空軍基地に駐屯している欧米軍の基地外での活動は禁止されている。

「我々は正規軍ではありません。だから軍規に縛られません。というか、フランスの参謀本部は不測の事態に備えて、非公式に我々を雇ったのです」

柊真は肩を竦めてみせた。ケルベロスは極秘任務を受けたということだろう。

「極秘任務と言えば聞こえはいいがな。そつがない。フランスらしいよ」

浩志は鼻先で笑った。フランスの外人部隊には五年間在籍しており、作戦行動にも参加したことがある。訓練もそうだが、任務にも無駄がないのだ。

三十分後、ハイラックスは、タリバンの検問に引っ掛かることなくザザイ邸に戻った。友恵に軍事衛星でタリバンの検問所の場所を割り出してもらい、地図アプリに反映させている。そのため、裏道を駆使して移動できるようになった。路地裏を縫うように走るのだが、車列で行動すればタリバンに感知されてしまう可能性はある。

「驚きましたね。豪邸に二台のハイラックスだけじゃなくて、タクシーも手に入れたんですか？」

柊真が、ガレージにもう一台のハイラックスとタクシーが停めてあるのを見て、目を丸くしている。廃屋ならともかく、豪邸をアジトとするのは傭兵らしくないと言いたいのだろう。

「修理工場で見つけた廃車のタクシーを組み立てたんだよ。エンジンも入れ替えたから、見た目は悪いが、よく走るんだ」

田中が自慢げに説明した。

「タクシーは怪しまれないことが分かったんだ。試しに四人のアフガン人を乗せて空港近くまで送ったが、検問は通過できた。家に入ろう。美味いコーヒーを飲ませてやる」

浩志らはガレージから母屋のダイニングキッチンに移った。新たに日本と米国に協力したアフガニスタン人の移送に成功している。もっとも、タクシーが使えるのは、日が暮れるまでだろう。

「久しぶりだな」

キッチンで待ち構えていた辰也が柊真らに手を振った。宮坂と啓吾もダイニングテーブルの席に座っている。キッチンは、煮出したコーヒーの香りで満たされていた。

「こちらこそ、ご無沙汰しています」

柊真は辰也らと拳を合わせて挨拶をした。

「ここはまるで要塞ですね。しかし、こんな豪華な屋敷なのに、タリバンから明け渡せと言われないのですか？」

室内を見回した柊真は、首を捻った。

「大丈夫だ。ここは日本の政府機関の建物だと言ってある」

浩志は柊真らにダイニングの椅子を勧め、奥の椅子に腰を下ろした。

柊真は浩志の前に座り、セルジオ、マット、フェルナンドの順に席に着いた。彼らが着席するのを待っていた辰也が、テーブルの端に用意されていた人数分のカップにアラビアンコーヒーを鍋から注いだ。宮坂と田中がコーヒーカップを仲間と柊真らの前に置いた。

「レーションのインスタントコーヒーに飽きていたところです。噂ではタリバンは、日本人を敵対視していないと聞きましたが、本当ですか？」

柊真らはコーヒーを美味そうに啜りながら尋ねた。

「タリバンも今回は鎖国するつもりはないから、日本をそれなりに尊重しているのだろう。あてにはできないがな。奴らが目の敵にしているのは、かつてタリバンに銃口を向けた国だ」

浩志は笑った。タリバンが無条件で平和を求めるはずもなく、日本が特別扱いされているとは思っていない。欧米に比べて憎くないというだけなのだ。

「確かにそうですね。今日の事件が物語っています」

柊真は眉を顰めた。

十九日、ドイツの国際公共放送ＤＷ（ドイチェ・ヴェレ）は、同放送に所属するアフガニスタン人の記者の家族がタリバンに襲撃され、一人が殺害、残りの家族も重傷を負ったことを発表した。タリバンは欧米の放送局などに所属していたジャーナリストを血眼になって探している。カブールを制圧する前に、タリバンは処刑者リストを作成していたようだ。

「それで？」

浩志は柊真と仲間を見て促した。

「本題に入ります。実はフランス軍に協力したアフガン人のアムジャド・アリという男が、今朝タリバンに拘束されました。彼を救出したいと思っています」

柊真は浩志の目を見て言った。

「すぐ殺されなかったのか？」

浩志は首を捻った。

「たまたま同姓のアフガン人が近所に三人もいたので、彼らをまとめて捕まえたらしいのです。特定できれば、すぐ殺害されるでしょう。あるいは、三人とも殺されるかもしれません。いずれにせよ、時間はありません」

柊真は両手を組んでテーブルに載せた。

「だろうな。それじゃ、準備をしてすぐ出よう」

浩志はふっと息を漏らし、コーヒーを口にした。

5

午後十一時、二台のハイラックスは住宅街の裏道を北西に進んでいた。

一台目のハイラックスには浩志らリベンジャーズ、二台目にはペロン・トンボンに着替えた柊真らケルベロスが乗っている。浩志らのハイラックスが先導しているのは、カブールの街中を熟知しているためである。

柊真らが着ていた迷彩戦闘服は目立つので、リベンジャーズで用意していた予備の服を彼らに貸した。また、彼らが携帯していたＦＡ－ＭＡＳも、全長が短縮できるブルパップ型でユニークな形状をしていて目立つため、ＡＫ47と交換させている。

長年フランス軍の通訳として働いていたアムジャド・アリは、カブールの市庁舎の隣りにある第五警察署の監獄に囚われていた。幹線道路を使えば、三十分とかからないが、いつものごとく裏道を使っている。この時間にタリバンの検問に引っ掛かれば、問答無用で殺される可能性があった。

三日前に浩志たちはタリバンの民兵を六人殺害し、検問を強行突破している。そのため、夜間の検問も厳しくなったようだ。

「次の角を曲がると、サラング・ロードです」

田中は車を停め、ライトを消した。サラング・ロードはカブールの中心を北西から北東に抜ける幹線道路である。二百五十メートル北と五百メートル東南にある交差点にタリバンの検問所があるはずだ。

友恵は軍事衛星で、交差点にタリバンの車両が二台以上置かれている場所を検問所として判断し、アプリ上の地図にマッピングしている。だが、検問所の民兵の配置までは把握していない。そのため、偵察は必要となる。

「こちらリベンジャー。バルムンク、応答せよ」

浩志は柊真に英語で無線連絡した。武器や無線機は柊真らが持参してきたので、無線機の周波数を合わせるだけで準備は整った。

——こちらバルムンク。どうぞ。

「サラング・ロードを渡る。合図を待て」

——了解！

柊真の返事を聞いた浩志は、ウィンドウから左手を上げて前に振った。

辰也と宮坂が後部座席から飛び降り、サラング・ロードに向かって走って行く。

——こちら爆弾グマ、民兵はいません。

辰也からの連絡だ。

「了解」

田中は無灯火のまま角を曲がる。

交差点角で辰也が手を振っていた。宮坂は道の反対側でＭ４を構えている。

田中は辰也が荷台に乗り込むのを確認すると、サラング・ロードを渡った。柊真らが乗るハイラックスも後に続き、交差点を渡ったところで宮坂も荷台に飛び乗った。ここからで停まる。

先はまた路地裏をひたすら走るのだ。

三・五キロ走り、サービス・ロード（側道）があるウスタッド・ラバニ・ロードの手前

——こちらバルムンク。偵察はこちらから出します。

「了解」

浩志の返事より早く、マットとフェルナンドが車から降りて交差点に駆けて行く。

——こちらヘリオス。交差点異常なし。

マットからの連絡だ。ヘリオスはギリシャ神話の天翔ける太陽神の名前である。彼はヘリコプターや軽飛行機のライセンスを持っているからだ。

二台のハイラックスは、ウスタッド・ラバニ・ロードを渡った。八百メートルほど進んで左折し、2ブロック先にある駐車場に車を入れた。警察署の南側は消防署になっており、その職員用の駐車場らしいが、車は一台も停められてない。

第五警察署は、東西は六十メートル、南北に九十メートルある。敷地の中央に庁舎があり、北側に警察官用の宿舎棟があった。タリバンは警察官が逃げ出して空になった警察署を利用している。

昨日から市内のあちこちに死体が放置されるようになった。治安部隊員や警察官はタリバンに投降しているらしいが、すぐに処刑されるという。まだ噂の段階だが、元軍人や警

察官と分かればタリバンの民兵はその場で銃殺するようだ。

　庁舎はタリバンの検察隊が使っているのかもしれない。ザザイ邸を調べにきたターリクの話では、検察隊は千人前後いるようだ。ターリク自身も地方からやってきてカブール郊外で編成されたためによく把握していないようだった。宿舎の規模からして、民兵が二、三百人はいると見て間違いないだろう。

　柊真が元警察官から得た情報では、留置場は庁舎の地下にあるそうだ。消防署が同じ区画内にあり、裏口は警察署の敷地に通じている。柊真は元警察官に見取り図を描かせ、建物の詳細も聞き取っていた。

「柊真。指揮しろ」

　浩志は車から降りた柊真に告げた。リベンジャーズは援護に徹するつもりだ。作戦はあらかじめザザイ邸で綿密に打ち合わせしてきたが、現場で誰が指揮官か再確認する必要があるのだ。

「ありがとうございます。それでは、セルジオ、それに宮坂さんは、消防署の屋上に上がり、狙撃(そげき)援護をお願いします。潜入は我々ケルベロスと藤堂さん。辰也さんと田中さんは消防署の外で待機、逃走時の車の運転も二人にお願いします」

　テキパキと指示した柊真はマットを指差し、二人で先に駐車場を出た。

　浩志らは柊真らから百メートルほど距離を取り、進む。通りに人通りはない。

——こちらバルムンク。表の通りは民兵が多数。戻ります。

柊真は交差点角から戻ってきた。

消防署の正面には消防車用のシャッターがあり、その隣りに両開きの出入口がある。浩志はピッキングツールを出し、ドアの鍵を外した。

柊真が先頭で潜入し、仲間が続き浩志が最後に入る。宮坂とセルジオは階段を駆け上がった。

消防署はもぬけの殻である。消防隊員も警察官同様、身の危険を感じているからだ。タリバン支配下では、前政権のあらゆるシステムは停止し、再開することも当分ないだろう。

「やはり、消防署は使われていないですね」

柊真は仲間と共に一階を調べて浩志に言った。建物は二階建てで、二階は宮坂とセルジオが確認している。彼らはそのまま屋上に上がって警察署が見える位置につく。

「タリバンの民兵は、警察署や軍の施設を使っているが、まだそれほど人員が多くないから余っているに違いない。一部の州を除く全国を制圧した関係で、今は兵力が分散されている。カブールの兵力を増強するにしても、まだ先の話だろう」

浩志は廊下を歩きながら言った。この数日、カブール市内の様子を見てタリバンの民兵がさほど多いとは思えないのだ。

「警察署の留置場は、地下に十六部屋あります。タリバンがカブールに侵攻した際に、警察官は留置場の罪人をすべて解放したらしいです。現在留置場にいるのは、タリバンが逮捕したアフガン人だけのようです」

柊真はアフガンストールで口元を覆い、裏口から警察署の裏庭を覗きながら言った。マットとフェルナンドもアフガンストールで鼻から下を覆い隠した。彼らは顔を隠した方がいいだろう。

「よし、行こう」

浩志は軽く柊真の肩を叩いた。

6

柊真とマットが先に消防署の裏口から出た。

浩志はフェルナンドと組んで二人に続く。

四人は中庭を駆け抜け、警察署庁舎の裏手に出た。ザザイ邸で打ち合わせた際に確認した見取り図では、庁舎には東西南北にある四ヶ所の出入口があった。

柊真とマットは、裏庭に面した東の出入口から庁舎に潜入する。続いて浩志とフェルナンドが入った。ＡＫ47は肩に掛け、グロック17はズボンに差し込んである。銃を構えて潜入したいところだが、怪しまれないよう、民兵のふりをするのだ。銃を使えば閉ざされた敷地内で二、三百人の民兵を相手にすることになる。

薄暗い廊下を進むと、階段の前に民兵が立っており、ＡＫ47が壁に立てかけてあった。ＡＫ47はマガジンを付けた状態で四・四キロあるため、肩に掛けていても重く感じることがある。人がいない場所なので、民兵の男は油断しているのだろう。

浩志は柊真の前に立って軽く右手を上げると、民兵に近付いた。今回も付け髭を付けている。

「一人で見張りか？」

浩志はパシュトー語で声を掛けた。

「貧乏くじを引いたよ。建物の外の見張りは大勢いるのに、ここは一人でつまらない」

男は溜息を吐くと、気まずそうに銃を手にした。

「俺たちが、交代要員だ。おまえは宿舎に帰って休めよ」

浩志はポケットからラッキーストライクの箱を出し、男に勧めた。ザザイの屋敷の食品棚に置かれていたものだ。長年禁煙しているが、喫煙率が高い中東では、コミュニケーションツールになるので携帯しているのだ。

「そうかい。すまないな」

にやりとした男は煙草（たばこ）を一本取ると耳に挟み、さらにもう一本抜き取ると立ち去った。

煙草二本のおかげで命拾いしたようだ。

「俺が見張っている」

苦笑した浩志は、階段の前に立った。見張りがいた場所に誰かいないと怪しまれる。

「ありがとうございます」

柊真は頷くと、マットとフェルナンドの三人で階段を下りていく。


階段下は廊下が続いているが、照明が落ちているため見通しが利かない。

地階は下水のような鼻を突く、すえた臭いがする。

アフガンストールで鼻を押さえた柊真らは、ハンドライトを出して辺りを照らした。廊下の右手にドアもない小部屋がある。壁には無数の番号札付きの鍵が掛かっており、机と椅子と仮眠用のベッドが置かれていた。監視モニターはないが、看守部屋らしい。

柊真は鍵をすべて外してアフガンストールにまとめて載せると、風呂敷のように包んで左手に提げた。

ライトで照らしながら廊下を進むと、左右をコンクリートブロックで仕切られた監房に行き当たった。十平米ほどの部屋には、二段ベッドが二つ、それに奥には便器が剝き出しで設置してある。

「おい、なんだよ」

監房内を照らすと、ベッドで横になっていた男が文句を言った。アムジャド・アリの顔は、フランス駐留軍の資料で分かっている。

「見つけた。八号室だ」

前を歩いていたマットが、小声で言った。

柊真はアフガンストールの包みから「八号」の札が付けられた鍵を出して、鉄格子のドアを開けた。

「他にも十一人いる。全員出すか？」

奥まで調べてきたフェルナンドが尋ねた。

「残してはおけない。案内してくれ」

柊真はフェルナンドについて行き、人のいる監房の鍵を一つずつ開けた。彼らはタリバンによって拘束されただけで、囚人だとは思っていない。

「ついてこい。助けてやる」

フェルナンドが唇に人差し指を当て、監房に囚われていたアフガニスタン人を外に連れ出した。

浩志は階段から上がってきた柊真らとアフガニスタン人を先に裏口に向かわせた。想定内ではあるが、救出したのは十二名と多い。監禁されている人はすべて解放しようと柊真と話し合っていたのだ。

「おい。おまえたちどこに行く」

しんがりの浩志が建物から出ると、裏庭の暗闇から男がいきなり出てきた。

柊真らも立ち止まった。方角からすれば宿舎から裏庭を抜けてきたらしい。消防署の屋上にいる宮坂らにも、暗闇にいたこの男は見えなかったのだろう。

「なんでもない。こいつらが騒いだんで裏庭でおとなしくさせるように言われただけだ」

浩志はＡＫ47の銃口をさりげなくアフガニスタン人に向けた。柊真らもアフガニスタン人に銃を向けている。

「俺はそいつらを見張るように言われてきた。殺すのか？」

男は訝しげな目を向けた。先ほどの見張りの交代要員らしい。

「殺しはしない」

浩志は答えると、ＡＫ47のストックで男の顎を強打した。男はその場に崩れた。すかさずマットが、気を失った男を担いで裏庭の暗闇に転がした。

「急げ」

柊真は右手を振って走り始める。

「遅れるな」

浩志は背後に銃を向けながら走った。

統合任務部隊

1

八月二十日、午後十時、霞が関。

これまでアフガニスタン情勢への対応が進まなかった日本だが、外務省の国際法局でようやく動き出した。

米軍の撤退期限である八月三十一日が迫る中、日本は欧米諸国や韓国に比べて輸送機の派遣が遅れていた。だが、世間やマスコミから判断が遅いと批判を浴びても、政府は動かない。霞が関の官僚が法的な問題点をクリアにしない限り、政治家が自分の意思だけで物事を判断することはできないからだ。

国際法局の幹部は、自衛隊機が派遣できるかどうか夜遅くまで検討していた。自衛隊法では、自衛隊員を派遣できる条件が「安全に実施することができると認める時」に限られているからだ。

　これまでの法解釈では、カブールが陥落し、政府の管理下に置かれていない状態は紛争状態とされる。そのため、自衛隊員の安全確保はできず、派遣は不可能と判断された。政府が恐れているのは現段階で紛争地に自衛隊員を送り込めば野党から追及され、国民からも批判されることである。

　カブール陥落から五日たち、市内は落ち着きを取り戻しつつあった。少なくとも、現地からの映像ではそう見える。だが、それはタリバン民兵が街の要所で目を光らせているため、市民が息を潜めているだけにすぎない。また、タリバンの残虐行為はあまり聞こえてこない。彼らは平和を求める姿勢をアピールすべく、慎重に行動しているからである。

　カブール国際空港の三ヶ所のゲート前は、相変わらず退避を求める人々で溢れかえっている。だが、空港警備が強化され、空港に侵入する市民はいなくなっていた。タリバンも空港内に侵入する気配はない。

　これらの状況を踏まえて、米軍管理下で空港内は安全が確保されていると判断した国際法局は、空港内の活動なら自衛隊機派遣は可能と結論を出したのだ。外務省は二十日の深夜、防衛省に対して自衛隊機派遣を要請した。

　だが、皮肉なことに、防衛省の岸信夫防衛相は午後三時の会見で、タリバン陥落で自衛隊機派遣に至らなかった理由について「現地の治安情勢が急激に悪化した。関係国の軍用機で退避するのが最も迅速な手段だということを踏まえた」と説明している。

こと自衛隊関連の行動に関しては、日本はトップダウンではない。政府は自衛隊を使うことを、災害時でさえ左派勢力の批判を恐れて二の足を踏む。そのため、各政府機関の意思の疎通ができないのだ。


午後十一時二十分、市谷〝パーチェ加賀町〟。

池谷は五階にある自室のリビングのソファーでクラシックを聴いていた。

ブラームスが最後に作曲した交響曲〝第四番ホ短調　作品九十八〟である。ブラームス自ら最高傑作と称した曲で、いつもはお気に入りのグラスに入れたスコッチウィスキーを飲みながら聴いている。だが、今日は、第二楽章まで聴いても心が穏やかになることはないのだ。

アフガニスタンに派遣した浩志と辰也と宮坂、それに田中の四人からは、今のところ危険な目に遭ったという報告はなかった。だからと言ってそれを鵜呑みにするほど、馬鹿ではない。

啓吾はカブールで積極的に情報を集めており、浩志らは密かに米軍ルートでアフガニスタン人の救出も行っていた。危険が伴わないわけがないのだ。だが、浩志らリベンジャーズの作戦が、危険と背中合わせなのはいつものことで慣れている。落ち着かないのは、啓吾のカブールリポートに政府が答えないことだ。その苛立(いらだ)ちは日ごとに募(つの)る。

テーブルの上に置いてあるスマートフォンが、音楽に共鳴したかのように音を奏(かな)でた。

「はい、池谷です。お世話になっております。……そうですか。それはよかった。お願いした件は、大丈夫でしょうか？　……ありがとうございます。それでは失礼します」

池谷は何度も頭を下げながら通話を終え、大きな息を吐き出した。

しばらくの間ソファーに沈み込むように座っていた池谷は、自室を出てエレベーターで地下二階まで下りた。

ブリーフィングルームを抜けてスタッフルームに入る。

「どうされましたか？」

パソコンに向かっていた中條が尋ねた。スタッフルームで仕事をしているのは、彼だけである。友恵と麻衣は午後七時に上がっていた。

浩志らがアフガニスタンに派遣されて以来、傭兵代理店のサポート業務も長時間化している。アフガニスタンとは四時間半の時差があるため、当面の業務は三交代制にしていた。スタッフは瀬川も入れて四人と少ないので、総力戦なのだ。

「この時間の当番は、中條くんだったね。日本に残っているリベンジャーズの皆さんに一斉メールを送ってもらおうと思いましてね」

「どのような内容ですか？」

中條は頷き、キーボードの上に手を載せた。

「出だしは、親愛なるリベンジャーズの皆様……待てよ。少し大袈裟ですね。ちょっと待ってください」

頭を掻いた池谷は、腕組みをした。

「あれっ、社長。どうしたんですか、こんな時間に。珍しいですね」

顔を覗かせた瀬川が、自分の腕時計を見ている。トイレにでも行っていたのだろう。

「まだ、いたんですね。ちょうどよかった。瀬川くんに最初にお話ししますので、あなたから日本に残っている皆さんにメールを送ってください」

振り返った池谷は、長い顔をさらに伸ばして笑った。

「なんですか、それ。勿体ぶらないで教えてください」

瀬川が池谷の笑顔を見て身震いした。

「さきほど、外務省から防衛省にアフガンへの自衛隊機派遣が要請されました。まだ政府の正式要請待ちの段階ですが、数日中に先遣隊が派遣される見通しです。まあ、政府は書類に判子を押すのが仕事ですから、決まったも同然ですよ」

池谷は自慢げに言った。

「ようやく腰を上げましたか。政府はピラミッドでも建設するつもりかと思いましたよ」

瀬川は肩を竦めた。完成に年月がかかると言いたいのだろう。

「先遣隊には外務省職員と陸空自衛官が任命されます。先遣隊の後に航空機整備のための先発隊が派遣されます。そこに、現地に詳しいアドバイザー四名も含まれます」

池谷は笑顔で瀬川を指差した。

「えっ。そのアドバイザーって、俺たちのことですか？」

瀬川は自分を指差して目を丸くした。

「私が防衛省のパイプを使って要請していたのです。アフガンで、タリバンと交戦した日本人は、リベンジャーズだけですよ。アドバイスできる人間が、他にいますか？」

池谷はわざとらしく首を横に振ってみせた。

「やった！」

瀬川は拳を握りしめた。

2

八月二十二日、首相公邸。

菅義偉首相の元に秋葉剛男国家安全保障局長、森健良外務事務次官、島田和久防衛事務次官らが訪れ、自衛隊機派遣について協議した。

協議の詳細は明らかにされていないが、二十日に外務省が防衛省に自衛隊機派遣を要請したこと、この二日間で先発する陸空自衛隊の準備を終えたことも首相に報告されたのだろう。報道では協議の結果、政府は派遣の必要性を確認したことになっている。

この夜、外務省職員と自衛隊員で構成された、情報収集のための先遣隊は密かに成田空港から民間機で出発し、翌日の午前にドーハに到着した。情報収集チームは、米国と調整を行う。

八月二十三日、政府はアフガニスタンへの自衛隊機派遣を正式に発表した。先遣隊の報告を受けて現地の態勢が整ったことを踏まえてのことだろう。

二十四日未明、鳥取県美保基地から第三輸送航空隊のC－2輸送機が離陸している。その貨物室にアドバイザーという名目で、瀬川、加藤、村瀬、鮫沼の四人が乗っていた。だが、彼らの存在を知るものは、傭兵代理店のスタッフと防衛省の一部の幹部だけである。

また、同日午後、二機のC－130H輸送機が埼玉県入間基地から那覇基地に移動し、イスラマバードに向けて離陸した。輸送機は愛知県小牧基地所属の第一輸送航空隊のC－130Hであるため、一部マスコミは小牧基地から直接向かったと報道しているようだ。


二十四日、午前六時五十五分（日本時間）。

美保基地を飛び立ったC－2輸送機は水平飛行に移り、日本海上空を飛んでいた。

全長四十三・九メートル、国内最大のC－2輸送機は川崎重工業が製造する国産輸送機で、ブルーホエール（シロナガスクジラ）の愛称がある。二基のターボファンエンジン、最大速度約マッハ〇・八二（時速八百九十キロメートル）、航続距離は貨物室が空の状態で九千八百キロメートルと、世界有数の性能を持つ輸送機だ。

瀬川らは、C－2輸送機の貨物室の跳ね上げ式シートに座っていた。最後に乗り込んだ四人は、機首側の搭乗ハッチに近い右翼側のシートに座っていた。四人とも陸自の迷彩服3型を着ていた。後部シートには輸送機の整備などを担当する数十人の航空整備員らが座っている。さらに、1／2tトラックや整備機材や予備のパーツなどを入れたコンテナが積み込まれていた。

瀬川らの対面に迷彩服3型を着た屈強な五人の男たちが、シートに窮屈そうに収まっている。その中でも一際体格がいい男は、特戦群の一色である。一色と一緒にいる男たちは、誘導輸送隊の先発隊とだけ紹介されており、部隊名は明かされていなかった。

離陸して三十分ほど経つが、彼らは微動だにしない。身のこなしからして特戦群のユニットと見て間違いない。ちなみに統合任務部隊は、後発のC－130Hに乗っている。

C－130Hはロッキード・マーティン社が製造する輸送機で、ハーキュリーズの愛称があり、全長約二十九・八メートルと、C－2と比べてかなりコンパクトだ。四基のターボプロップエンジン、最大速度は時速五百八十九キロメートル、航続距離は三千七百九十一キロメートルである。

非公式という立場上、特戦群はマスコミに晒されることを避ける。そのため、特戦群は機体を整備をする航空自衛隊に紛れるように先発したのだろう。

「軽い打ち合わせをしないか」

シートから立ち上がった一色が、いささか緊張した表情で言った。

「コーヒータイムか？」

瀬川が笑顔で応じた。

「おまえも随分角が取れたな」

一色が笑って右翼側の前面にある小部屋の固定椅子を勧めた。小部屋と言っても半畳ほどのスペースしかない。コックピットの下にあり、端末と窓があるので観測室なのだろう。反対の左翼側にあるトイレ脇の階段を上れば、コックピットに出る。輸送機だけに貨物室のスペースを確保するためにコックピットもコンパクトにできている。

「サンキュー」

瀬川は遠慮なく固定椅子に座った。硬いシートだが、跳ね上げ式の折り畳み椅子よりは座り心地がいい。小部屋は貨物室より三十センチほど床が高くなっており、椅子を貨物室側に回転させると足が伸ばせる。

「藤堂さんたちは、すでに救出活動をしているんだろう？」

一色は身を屈めて瀬川の耳元で尋ねた。機内はエンジン音がうるさいこともあるが、会話を部下にも聞かれたくないからだろう。

「日本に協力する十八名のアフガン人を米軍の極秘経路で逃がしたそうだ。だが、それが限界らしい。今は米軍やフランス軍の救出作戦を手伝っていると報告を受けている。なんせ、日本の輸送機が使えないから、肩身の狭い思いをしているらしい」

瀬川は苦笑してみせた。

「政府の腰が重かったからな。それでも、活動できるリベンジャーズが羨ましい。厳しい訓練を積んでも実戦で生かせない部下たちが可哀想になる」

一色は腕を組んで壁にもたれかかった。

「二佐のおまえがユニットを率いてお出ましとはな」

瀬川は迷彩服3型の男たちを見て言った。彼らはいずれも三十代前半と若い。二佐で副群長である一色は隊の幹部であり、普通なら現場に出ることはないのだ。

「初めてじゃないがな。極秘の作戦行動でも派遣の実績をつけないと、俺たちの存在価値は失われる。それに今回の作戦は、特戦群だけでなく自衛隊の分岐点になると俺は思っている。今回で実績を残さなければ、永遠に自衛隊の出番はなくなるだろう。それどころか、有事に対応できないハリボテ組織と罵られる」

一色は溜息交じりに答えた。

「あまり思い詰めない方がいいぞ。法律の縛りがあるんだ。おまえらが頑張っていることを世間は知っている」

瀬川は渋い表情で言った。本当は「法律の縛り」に耐えられなくなり、退役してリベンジャーズに参加しているのだが、それは口にできない。

「国民が理解を示すのは、災害時の自衛隊派遣だけだ。戦争をしたいわけじゃないが、俺たちまで平和ぼけすれば、中国は容赦なく侵略してくる。韓国が平気で、レーダー照射してくるぐらいだからな。隣国でさえ敵対行動をする。平和を謳歌できない」

一色は口調を荒らげた。鬱憤が溜まっているようだ。彼の部下がこちらを見ている。上官の不機嫌な様子が気になるのだろう。

「一杯やるか？　ウィスキーならあるぞ」

瀬川は苦笑して尋ねた。

「馬鹿野郎。行動中にアルコールを飲めるはずがないだろう」

一色は瀬川を睨みつけた。

「分かっている。だから言ったんだ」

瀬川は涼しい顔で答えた。一色の話は正論だが、飲んべえの愚痴と同じだと言いたいのだ。

「すまない。情報が欲しかっただけだ。現地でまた打ち合わせしよう」

一色は頭を掻いて笑った。豪胆な男だが、今回の作戦では様々なジレンマに悩んでいるのだろう。

「いつでもいいぞ」

瀬川は一色の肩を軽く叩き、自席に戻った。

3

二十四日、零時三十分。カブール、ザザイ邸。

浩志はダイニングキッチンで、スコッチが入ったグラスを掲げた。

テーブルを囲んでいる辰也、宮坂、田中、啓吾、それに柊真らのケルベロスの四人もグラスを掲げていた。柊真らは空港の外で活動することを引き続き命じられており、浩志の許可を得てザザイ邸を根城にしていた。

各自が手酌で飲めるように、テーブルには四本のスコッチウィスキーが置かれている。ジョニーウォーカー、マッカラン、ホワイトホース、バランタインと口当たりのいいスコッチウィスキーばかりで、これは食品棚ではなく床下から銃と一緒に見つけた。ザザイはイスラム教徒なので見つかることを恐れたのだろう。

「瀬川らを乗せたC－2が、さきほどイスラマバードに到着した」

そう言うと、浩志はグラスのスコッチを飲み干した。祝杯ではないので、「乾杯」とは言わない。皆、無言でグラスのウィスキーを呷った。浩志は、瀬川からの連絡を衛星携帯電話機で受けていたのだ。

「ようやくですね」

グラスを空けた辰也がしみじみと言った。カブールに来て十二日目になるが、救出作戦が進展しないことに誰しも焦りを感じている。仲間が来ることは嬉しいものの、輸送機到着の遅れに腹を立てているのだろう。

米軍に協力していたアフガニスタン人を退避させた後は、誰しも手持ち無沙汰であった。浩志らができることは、手持ちの武器の手入れぐらいである。

「統合任務部隊も夜までには到着するだろう。俺たちの出番は、明日にでも来るかもな」

浩志は淡々と言うと、ボトルからグラスにウィスキーを注いだ。タリバンの動きは読めない。楽観視するつもりはさらさらないのだ。

「確認ですが、自衛隊は空港外では活動できないんですよね」

柊真が尋ねた。フランスは規模を縮小させたが、警察主体という形で救出作戦を再開させていた。浩志が「出番が来るかも」と曖昧な表現をしたから尋ねたのだろう。

「まあな。とはいえ、俺たちは日本政府から正式に要請を受けていない。そうだよな?」

浩志は啓吾をちらりと見てグラスを手にした。

「政府はリスクを避けたいのです。たとえプロの傭兵だろうと、リベンジャーズに死傷者が出れば、日本人が危険な任務に就いた責任を問われるでしょう。そのため、救援希望者は、自力で空港に来ることを政府は求めています。それなら何かあったとしても、渡航禁止国にいた彼らの自己責任だと言えるからです」

　啓吾は暗い表情で補足した。

「瀬川さんたちは、政府のオファーで同行したんじゃないんですか？」

　柊真は驚いた表情で聞き返した。

「防衛省の幹部の一人が、池谷に借りを返す形で紛れ込ませたに過ぎない。それに空港の外には出ないという条件を付けられたそうだ」

　浩志は右口角だけ上げると、二杯目のウィスキーを飲み干した。

「いわゆる〝日本病〟ですね」

　柊真は小さく首を振った。

　〝日本病〟とは一九九〇年代のバブル経済崩壊後、効果的な政策を出せずに景気回復や財政再建ができない政府を揶揄(やゆ)する言葉である。〝日本病〟の根本原因は、政府の「責任逃れ」とも言われていた。柊真はそれを言いたいのだろう。

「日本が世界と関わりを持てば、自(おの)ずと今後も紛争地域での活動は増えるでしょう。そのたびに他国の軍隊に頼ることになります。憲法の改正を求める訳ではないのですが、自衛隊の行動規範を変える必要はありますね。少なくとも、もっと早く行動していれば、今の法律の下でも充分自衛隊は行動できたはずです」

　啓吾は大きく息を吐いた。

「リスクを回避する必要があるな」

　浩志は腕組みをした。

「リスクの回避？」

　柊真が首を捻った。

「今、何が最大の障害になっているんだ？」

　浩志は啓吾に尋ねた。

「もちろんタリバンですよね」

　啓吾は簡単すぎる質問に、小首を傾げた。

「だったら、タリバンと膝を交えて話すべきだろう。それとも、このまま交渉は米軍に任せるのか？」

　浩志は不機嫌そうに言った。ワットとマリアノが参加している米軍ＯＢ有志による救出作戦には、その志を尊重して協力している。また、彼らもリベンジャーズの働きに応え、日本に協力するアフガニスタン人を退避させてくれた。

　だが、気に入らないのは、日ごとに米駐留軍の態度が自己中心的になっていることだ。

　八月十九日、空港ゲートを警備していた米軍により、オランダ人が入場を拒まれたと報告されている。そのため、オランダの輸送機は一人も乗せることができずに離陸せざるを得なかった。米軍がオランダ機に認めた駐機時間は、たったの三十分だったのだ。

一方、米軍は何千人もの退避者に対応するため、輸送機を数十分おきに離着陸させている。それを可能にするため他国の駐機時間が削られているのだ。

「やはり、そう思われますか」

啓吾はホワイトホースのボトルから自分のグラスを満たした。

「啓吾、もう飲むな」

浩志は立ち上がると、キッチンからコーヒーカップを出し、鍋に残っているコーヒーを注いだ。

「まさかとは思いますが」

啓吾は両眼を見開き、自分のグラスから手を離した。

「酒臭いんじゃ、イスラム教徒に嫌われる。飲め」

浩志はコーヒーを入れたカップを啓吾に渡した。

「これから、タリバンと話をするんですか？」

啓吾は首を振りながらも、冷めたコーヒーを見つめている。

「夜が明けたらに決まっているだろう。夜襲（やしゅう）じゃないんだぞ」

浩志は苦笑した。交渉は啓吾にさせるつもりだが、朝になっても酒臭いのでは話にならない。

「しかし、どうやってというか、誰にコンタクトを取るんですか？」

啓吾は渋々コーヒーを啜った。

「まずは、オムラム・ターリクだ。近くの警察署から手当たり次第に訪ねれば会えるだろう。ターリクから幹部を紹介してもらうのだ」

「なるほど、それでは外務省に連絡を取ります」

頷いた啓吾は立ち上がった。外務省に電話をかけるつもりなのだろう。

「やめておけ。日本の代表として交渉することになるんだ。政府が許すはずがないだろう。ましてや大使館職員はすでに撤退している。政府職員のおまえは、アフガニスタンにいることすら極秘にされているんじゃないのか」

浩志は啓吾の肩を摑んで座らせた。啓吾も浩志らリベンジャーズも、この先死んだとしても公表されることはないだろう。

「……そうでした」

啓吾は小さく息を吐き、項垂れた。

4

二十四日、午前九時半。カブール。

一台のハイラックスが、シャー・アリ・カーン・ロードを南に進み、シャハララ・ロードの交差点を左に折れる。

ペロン・トンボン姿の浩志は助手席に座り、ハンドルは田中が握っていた。白いポロシャツを着た啓吾は後部座席に座り、辰也と宮坂は荷台に座っていた。

啓吾は日本の外務省の職員として、浩志らはその護衛である。

交差点から二百メートルほどのところに大きな建物があった。テクニカルと装輪装甲車輛ＭＲＡＰが出入口前に停められている。ザザイ邸から二・五キロほどの距離である。

「ここですね」

田中はテクニカル前に車を停めた。

三ヶ所の検問所でオムラム・ターリクの所在を聞いたところ、この警察署だと教えられたのだ。

テクニカルの荷台に乗っている男が、重機関銃の銃口をハイラックスに向けた。

「以前は、カブール中央警察署だったところだ。ターリクは意外に大物かもしれないな」

苦笑した浩志は車を降りて両手を上げ、ＭＲＡＰの前でＡＫ47を構える二十歳前後の若い民兵の前に立った。

「なんだ。おまえは？」

若い民兵は浩志に銃を突きつけた。彼の背後には、三人の民兵がハイラックスに向けて銃を構えている。

「我々は日本人だ。検察隊のオムラム・ターリクに会いに来た。取り次(つ)いでくれ」

浩志は笑顔で答えた。

「ターリク隊長？　取り次ぐのは構わないが、おまえが日本人だとは思えない。証明するものはあるのか？　どう見たってアフガン人だろう」

眉間(みけん)に皺(しわ)を寄せた若い民兵が尋ねた。浩志らは顔立ちだけでなく、服装もアフガニスタン人だと言いたいのだろう。

「俺たちは、アフガン文化に馴染(なじ)んでいるだけだ。確認してみろ」

浩志はズボンのポケットからパスポートを出した。傭兵代理店で作成された偽造パスポートである。今回は、日本、米国、トルコの三つの偽造パスポートを持ってきた。

「ケンジ・クワタ。本当だ。驚いたな」

パスポートを確認した民兵は、浩志の顔を何度も見返して言った。

「車はどこに停めればいいんだ？」

浩志は振り返ってハイラックスを指差した。

「テクニカルの横に置いておけ」

民兵は銃口の先をテクニカルに向けた。

「杉本、神田、おまえたちは、車に残れ。俺と熊田は片倉さんと一緒に行く」

浩志は宮坂と田中に言った。宮坂は杉本、田中は神田、それに辰也は熊田――これらは、偽造パスポートの名前である。

辰也は荷台から飛び降りると、後部ドアを開けた。

「案内してください」

車から降りた啓吾は、民兵を促した。三人の民兵が一斉に銃口を向けたが、気にする様子はない。

「ついてこい」

民兵はＭＲＡＰとテクニカルの間を抜け、石段を上がって建物に入った。中央警察署だっただけに立派な造りである。

両開きのドアを開けた民兵に続き、浩志、啓吾、辰也の順で庁舎に入った。

「ほお」

浩志はカウンターの向こうのフロアに目を見張った。ペロン・トンボン姿の男たちがデスクのパソコンに向かっているのだ。タリバンはイスラム原理主義の組織ではあるが、誰しも民兵というわけではない。銃を取ることもあるだろうが、パソコンや経理の仕事の方が得意な者もいるのだ。中央警察署に配属されているだけに警察官経験者という可能性もある。

タリバンは首都カブールを制圧する準備を整えていたようだ。制圧した施設にあらかじめ配置する人員も決めていたに違いない。

また、アフガニスタン治安部隊が残していった米軍の武器を使って特殊部隊を作るなど、軍の編成まで行っている。治安を維持するためにあらかじめ地区割りした警察組織を編成していたとしても驚くことではない。もっとも、刑罰は石打ち、鞭（むち）打ち、それに銃殺刑と、その前近代的な手法は従来と同じである。

「ターリク隊長に日本人が会いたがっていると伝えてくれ」

民兵はカウンターの向こうにいる男に伝えた。男はデスクの固定電話機の受話器を取った。内線電話をかけているようだ。

カウンターの向こうには、パソコンが設置されたデスクが十数卓あり、十人ほどのタリバン職員が仕事をしている。来客が珍しいのか、浩志らのことをじろじろと見ている。

五分ほど出入口近くのカウンターの前で待っていると、ターリクが三人の部下を連れてやって来た。

「サラーム・アライクム（おはようございます）」

啓吾は軽く会釈した。

「すまないが、あんたたちを逮捕する」

ターリクは苦笑すると、右手を軽く振った。

三人の部下が一斉にＡＫ47を浩志らに向けると、それが合図だったらしく、フロアにいる十数人の男たちが一斉にＡＫ47を構えた。パソコンで作業していた男たちも足元に銃を置いていたらしい。

「何の真似だ？」

浩志は仕方なく両手を上げた。

「八日ほど前にカブール北部の検問所が襲撃され、六人の民兵が殺害された。それに他の警察署で囚人が脱獄している。同一犯とは思わないが、我々は犯人を追っている。疑わしい人間をまずは逮捕するんだ。それが鉄則だろう。君らは傭兵だと言っていたな。銃やナイフが扱えるのなら疑われて当然だろう。無実と分かるまで拘束する」

ターリクはカウンターにもたれかかると、首を振って部下に命じた。タリバンらしいやり方である。

浩志と辰也の二人は、両腕を組まされて樹脂製結束バンドで縛られた。その上でボディチェックされ、隠し持っていた銃とナイフを取り上げられた。

「彼らは私の護衛です。あなた方を敵に回すはずがないでしょう」

啓吾は手振りを交えて言った。

「あなたは日本の政府職員だから、疑っていませんよ。それなりに敬意を払っています。お話は伺いましょう」

「彼らをどうするつもりですか？」

ターリクは小さく首を横に振った。

啓吾はターリクを睨んだ。

「携帯していた武器を調べます。それで白なら釈放です。黒なら鞭を打って白状させるまでです」

ターリクが軽く首を縦に振ると、浩志らは両脇を民兵に挟まれて連れて行かれた。

「民兵を殺害した犯人が、タリバンの警察署に来ると思うか？」

浩志は静かに尋ね、ターリクの瞳を見た。卑劣な民兵を殺害したことに後悔はない。

「だとしたらただの間抜けだ。だが、日本人だからと言って我々が手を抜くとは考えないことだ」

ターリクが再び首を振ると、手下たちは浩志らの背中を押した。

「心配するな」

浩志は啓吾に日本語で言った。

5

午後六時十分。カブール中央警察署。

啓吾は一階の小部屋に通されてから、八時間近く待たされている。

浩志と辰也だけでなく、車で待機していた宮坂や田中まで拘束されているので、彼らが釈放されるまで待つつもりだ。スマートフォンと衛星携帯電話機は取り上げられているものの監禁されているわけではないので、トイレには自由に行くこともできた。それにペットボトルの水も出されている。啓吾が日本の外交官だということで、それなりに対応しているらしい。

ドアが開き、ターリクが一人で現れた。

「ここにずっといたのですか？」

ターリクが驚いた顔をしている。取り調べに時間がかかるので、帰るように言われていたのだ。打ち合わせもしていない。彼はその後、市内のパトロールに出掛けたらしく、不在であった。

「私に護衛なしで帰れと言うのですか？　私は外交官として何ヶ国も歴訪した経験がありますが、一人で行動するようなことはありません。ここが曲がりなりにも警察署というのなら、何日でも待たせてもらいます」

啓吾は椅子から立ち上がって口調を荒らげた。簡単に引き下がるつもりはない。外交問題に発展させ、浩志らを釈放させるのだ。

「タリバンは日本人を敵とは思っていない。武器の検査に時間がかかっているだけだ」

ターリクは啓吾の剣幕に両眼を見開いた。

「タリバンは、二十年前の失敗を繰り返すつもりですか？　そもそも携帯やスマートフォンを取り上げておいて敵じゃないというのは、おかしいでしょう」

啓吾は椅子に座り、落ち着いた口調で尋ねた。

「色々と撮影されると困るから預かっているだけですよ。お帰りの際に返します。我々は新生タリバンだ。昔の轍は踏まない」

ターリクは肩を竦めた。

「それなら、すぐに私の護衛を釈放してください」

啓吾はテーブルを拳で叩いた。

「あなたの護衛が潔白なら、検査結果が証明してくれるでしょう。我々には科学的に検証する技術が極めて少ないが、まったくないわけではない。警護の四人の男たちが所持していたナイフからルミノール反応を調べています。だが、鑑識の教育を受けた技術者がいないので、薬品を一から配合しなくてはならず、時間がかかるんですよ」

　ターリクは丁寧に説明した。

「だが、ルミノール反応は、豚を刺しても血液であれば、反応しますよ。そんなものは、殺人の証拠でもなんでもない。事件を証明することにはならないでしょう」

　啓吾は苦笑した。ルミノール反応は、血液をルミノール液で発光させるのだが、動物の血液でも反応するので、捜査の判断材料の一つに過ぎない。

「もちろんそうです。ただ、検査結果は疑わしさをより鮮明にします。だからこそ、ナイフにルミノール反応が出た場合は、容疑者を鞭で叩き、尋問します。問答無用で鞭を打つわけではないのですよ。極めて合法的な手順を踏んでいるのです」

　ターリクは真面目な顔で答えた。彼らの考え方は二十年前から進歩していない。

「話にならない」

　啓吾はフンとは鼻息を漏らした。

「部下に屋敷まで車を運転させますので、お帰りください。これ以上、ここにいられると迷惑なんですよ」

　ターリクは強い口調で言った。


　午後八時三十分。

　浩志らは、中央警察署の地下一階に留置されていた。

「どうしますか？」

同じ監房に入れられた辰也が、鉄格子の外を覗きながら尋ねた。看守が来ないか見張っているのだ。廊下は薄暗く人気はない。

隣りの監房には、田中と宮坂が収監されており、他の監房にもアフガニスタン人と思しき男が数人囚われているようだ。

「自衛隊機の輸送が始まるまでには、ここを出ないとな」

浩志は折り畳み式ベッドに座って答えた。リベンジャーズのメンバーは、素肌に密着させる特殊なポーチの中に偽造パスポートとドル紙幣、傷口を縫合する医療キット、それにピッキングツールを隠し持っている。監房はいつでも脱出できるのだが、脱出すればここにいない啓吾がどうなるか分からない。看守に尋ねようと思っているが、この数時間、誰も巡回に来ないのだ。

「タリバンは、何をしているんですかね」

辰也は欠伸をしながら言った。

「おおかたナイフのルミノール反応を見てるんだろう。だが、やつらに科学捜査の能力があるのかは、甚だ疑問だがな」

浩志も欠伸をしながら答えた。押収された武器の心配はしていない。殺害時に使用したナイフは、血の痕跡を消すために特殊な洗剤でよく洗ってある。暇を持て余しているので、武器の手入れをよくしていたのだ。

「片倉さんの安全さえ分かれば、いつでも出られるのに」

辰也は拳で鉄格子を叩いた。

「啓吾を別にすることで、俺たちの自由を奪った。狡猾なやり方だ」

浩志は苦笑した。脱獄したところでアジトにも帰れない。今後の活動にも支障を来すだろう。退避対象者を助けるどころか、浩志ら自身がアフガニスタンからの脱出を考えなければならなくなる可能性もあるのだ。

「明日の朝、釈放される可能性はありますかねえ？」

辰也は険しい表情になった。逮捕された状況からして、何事もなかったように釈放されるとは思えないのだろう。

「神のみぞ知るだ。殺される前に心配しても仕方がないだろう」

浩志はベッドに横になった。もし、殺害しようとするならその時対処すればいいのだ。

「誰か来ますよ」

辰也は鉄格子の隙間から覗きながら言った。

ハンドライトを手にした看守が現れた。制服を着ているわけではないが、ベルトに鍵の束をぶら下げている。

「おい、俺たちはどうなるんだ？」

辰也が看守に尋ねた。

「地下監房は石打ちの刑の順番待ちだ。騒ぐな」

看守は監房にライトを当てながら通り過ぎた。夜の巡回なのだろう。啓吾の安否を確認するまでもなかった。

「仕方がない。脱出するか」

起き上がった浩志は下着をたくしあげ、素肌に密着させてある特殊なポーチからピッキングツールを出した。

鉄格子のドアは、閂(かんぬき)とシリンダー錠の二重になっており、閂には鍵が掛けられていなかった。しかも、鉄格子は金網で覆われていない。

三分後、さきほどの看守が戻っていく。

浩志は鉄格子の隙間から手を回し、シリンダー錠の鍵穴にピッキングツールを差し込んだ。指先の感覚だけを頼りに鍵を開け、音を立てないように閂も引き抜く。鉄格子のドアを開けて廊下に出ると、隣りの監房の鍵も開けた。

浩志の背後に、辰也と宮坂と田中の三人が無言で従う。ついでに他の監房のドアもすべて開け、八人のアフガニスタン人を解放した。

監房を通り抜け、途中の通路の鉄格子ドアも抜けて無人の看守部屋に入る。壁際(かべぎわ)のロッカーから、浩志らは没収されていた時計とスマートフォンを取り戻した。だが、銃とナイフはどのロッカーにもない。まだ検査中なのかもしれないが、武器の保管はここではないのだろう。

十数メートル先の階段を上がる。

夜間のためか一階フロアに民兵の姿はあまりない。

中央警察署の庁舎はロの字形をしており、東側に突き出した建物に正面玄関があった。北側には駐車場があり、別棟の建物を隔てて大通りがある。

浩志と辰也は二人で北側の通用口を出た。アフガニスタン人も一緒なので、まずは安全確認をする必要があるのだ。

「おまえたち、どこから出て来た？」

出入口の前に立っていた二人の民兵が、ＡＫ47の銃口を向けてきた。

「俺たちは夜勤なんだ。おまえたちこそ、初めて見る顔だな」

浩志はさりげなく左の男の銃口を払うと、踏み込んで男に喉輪を極め、右裏拳を右の男の顔面に当てて昏倒させた。すかさず辰也が気を失った二人の男を建物の陰に転がし、ＡＫ47を奪った。ドアの隙間から様子を窺っていた宮坂と田中がアフガニスタン人を連れて出て来た。

「ありがとうございます」

アフガニスタン人らは、小声で礼を言うと駐車場の出入口ではなく、反対の暗闇に向かった。出入口よりも塀を乗り越えた方が安全だからだろう。

「藤堂さん、俺たちのハイラックスがあそこにありますよ」

周囲を見回した宮坂が、駐車場の出入口近くに停めてあるハイラックスを指差した。

ハイラックスの陰から、二人の男が現れた。駐車場は薄暗く、二人がプロレスラーのように体格がいいということだけは分かる。

辰也と田中が、ＡＫ47を構えた。

「待ってください」

男の一人が、日本語で言った。

よく知っている声だ。男の正体は柊真である。

「どうした？」

にやりとしながら浩志は首を捻った。

「皆さんの所在が分からないと傭兵代理店から連絡があり、捜索していたんです。一時間ほど前に片倉さんと連絡がつき、警察署を見張っていたところです」

柊真は笑顔で答えると、後部ドアを開けた。もう少し遅ければ、彼らなら警察署を襲撃していただろう。運転席にはフェルナンドが乗っている。

「いらぬ心配をかけたな」

浩志は苦笑すると後部座席に収まった。

警察署が騒がしくなった。浩志らの脱獄が早くもばれたらしい。

「急ぎましょう」

柊真は仲間とともに荷台に飛び乗った。

コンボイ・オペレーション

1

八月二十五日、午前十時。イスラマバードのベナジル・ブット国際空港。

エプロンに駐機されているC－2輸送機の前から航空整備員が離れた。輸送機の整備が終わったようだ。

「いよいよ俺たちの出番だな」

一色は空港ビルのガラス越しにエプロンを見ながら、感慨深げに言った。

「ようやくここまで来られたな」

隣りに立つ瀬川は、腕組みをして頷(うなず)いた。浩志らがアフガニスタンに行った直後にカブールが陥落し、救援に向かおうにも渡航手段がなかった。それだけに感慨深い。

瀬川らと一色ら特戦群のユニットは、自衛隊エリアとして空港ビルの一角を割り当てられていた。そこに野営ベッドフレームやテーブルが並んでいる。空港近くにホテルはあるが、一色は輸送機の近くで過ごせるようにパキスタン軍に要請したのだ。

一色は部下に瀬川らの素性を明かし、リベンジャーズがすでにカブールで救出任務にあたっていることも教えてある。

「昼前に飛ばせるだろう。問題は、日本政府が退避対象者に自力で空港まで来るよう要請していることだ。タリバンの検問を民間人だけで抜けられるとは思えない。それに米軍から割り当てられた駐機時間もまだ聞かされていない。第一便での救出は、おそらく失敗するだろう」

一色は右拳を握った。二機のC－130H輸送機の到着は夜になると報告されている。そのため急遽、C－2がカブールに飛ぶことになったのだ。

「そうかもしれないが、おまえがそんなことを言っていいのか？」

瀬川は驚いて聞き返した。

「常識で考えてみろ。検問所にはAK47を構えるタリバンの民兵がいるっていうのに、民間人が抜けられると思うか？　検問所を避けて裏道を抜けるのも危険だ。他国のように傭兵か警備員を乗せたバスをチャーターし、退避対象者を乗せるのが普通だろう。脱出計画を立案した官僚はまったく分かっていない」

一色は淡々と言った。感情を押し殺しているらしい。

「カブール陥落後も民間機が使えると信じていた連中だぞ。紛争地の現状も知らないやつらに分析能力なんてないんだよ」

瀬川は吐き捨てるように言った。

「だが、第一便は無駄にはしない。うちのチームとおまえたちをカブールに送り込むことができれば、それだけでも成功だ」

一色は笑みを浮かべた。

「俺たちは、リベンジャーズの先発隊と合流するために空港から出る。おまえらはどうするんだ？」

瀬川はいささか焦っていた。浩志らと昨夜連絡を取れたものの、タリバンに追われる身になり隠れ家を替えたと聞いている。詳しくは聞いていないが、はやる気持ちを抑えているのだ。

「カブールに着けば、空港を管理している米軍に従うしかない。だが、俺だけでも空港の外に出て現地の状況を知りたいと思っている」

一色は輸送機を見つめたまま答えた。

「馬鹿なことを言うな。二佐のおまえがそんなことをしたら、懲戒免職になるぞ」

瀬川は首を横に振った。

「俺は二佐になるために自衛隊に残っているんじゃないぞ。発言力を強めて自衛隊の改革ができればと踏み留まっているに過ぎない。随分前に米国で副駐在武官をしていた時、藤堂さんから『おまえが自衛隊を変えるんだ』と言われた。その言葉を励みにこれまでやってきた。だが、たとえ、俺が幕僚長になっても自衛隊を変えることはできない。この国を動かしているのは、政治家の顔色を窺って忖度する官僚だからだ」

一色は強い口調で答えた。

「おまえらしい考えだが、俺はおまえに上り詰めて欲しい。おまえのように真剣に国を憂う人間が自衛隊のトップに立ち、国を守るべきなんだ。最前線に立つのは官僚でも市民団体でもない。企画書や『戦争反対』のプラカードをタリバンの前で掲げて平和になるのなら、誰も苦労しないぜ」

瀬川は眉間に皺を寄せた。

「実は俺は退職願を群長に出して来たんだ。万が一、死ぬようなことがあった時に隊に迷惑がかかるからな」

一色は声を潜めて言った。近くに彼の部下はいないが、退職願の件は話していないのだろう。

「群長は受理したのか？」

右眉を吊り上げた瀬川は、一色を見た。

「馬鹿野郎と怒鳴られたよ。だが、俺が死んだら必ず受理するように頼み込んだ。そうでもしなきゃ、思い切ったことはできないだろう。俺は空港外での活動も厭わない」

一色は笑ってみせた。覚悟はできているようだ。

「無茶をするには、階級も邪魔になるしな。実は空港を抜け出す方法なら聞いてある」

瀬川も笑った。浩志から米軍ＯＢによる救出作戦が極秘で行われていることを聞いている。それに参加しているワットとマリアノが軍事エリアの兵舎にいるらしい。彼らを頼れば、空港の外に出られるそうだ。

「連れて行ってくれ。ユニットの指揮官は部下の直江一尉を任命してある。俺がいなくてもユニットは任務を果たせる。それに俺が空港外の正確な情報を彼らに渡すことができたら、任務の成功率が高まるはずだ」

一色は振り返って自衛隊エリアを見た。彼の四人の部下が、テーブルで黙々と武器の手入れをしている。全員一八〇センチ以上の立派な体格をしていた。一色が選んだというだけあって厳しい訓練を屁とも思わずにこなしてきた猛者たちだろう。その中で額に傷跡がある男が、直江である。

「一緒に来ると言うのなら止めないぞ」

瀬川は一色の肩を叩いた。

2

ベナジル・ブット国際空港を午前十一時前に離陸したC－2輸送機は、四十分ほどでカブール国際空港に着陸した。

米軍の管制官に従い、C－2輸送機は北側の軍事エリアの誘導路を進み、三つある駐機場の中央に停められた。駐機場では米兵がグランドハンドリング（空港地上支援業務）をしており、他国の輸送機もすぐ近くに停められている。

コックピットから操縦士である蜂須二等空佐が貨物室に下りてきた。

貨物室の前には一色と陸自中央即応連隊の甘島二等陸佐、少し離れて瀬川が立っている。

「まだ退避対象者は誰も空港に到着していないらしい。駐機時間は特別に二時間もらった。日本の輸送機だから特別だと恩着せがましく言われたよ。それから、機外に出る場合は、管制官を通す必要はないが、C－2の近くにいる米兵の許可が必要らしい」

蜂須は一色と甘島に、管制官から聞いた米軍の指示を伝えた。

「うちのチームと救援物資を下ろすことになっていたはずだ」

一色は眉を吊り上げた。救援物資には、退避してくる日本人や日本に協力したアフガニスタン人に必要な物資だけでなく、空港内で働く統合任務部隊のための物資や機材も含まれている。空港に下ろさなければ、意味がないのだ。

「撤退作戦中にこれ以上、カブール空軍基地に人員や機材を増やしたくないというのが、米軍の本音だ。現在この基地にいるのは、以前から駐留していた軍隊か、早期に撤退作戦のためにやってきた国ばかりだ。日本は出遅れたんだよ」

蜂須は声を潜めると、溜息を漏らした。甘島の部下が少し離れた場所にいる。彼らに聞かせたくないのだろう。

「仕方がない。実力行使といくか」

一色は腕組みをして笑った。

「どうするんだ？」

蜂須はじろりと一色を見た。

「空港に日本の救援隊のエリアを作り、退避者を救援機に乗せるまで介助するべきだ。最低限の救援物資を下ろし、うちのチームも降りる。そもそも日本に協力するアフガン人を他国や一般の退避者と一緒にされては、米軍の手助けがなければ我々では見分けることもできないだろう。違うか？」

一色は貨物室を見つめながら言った。

「米軍の管理体制に問題があるのでしょうか」

甘島は首を捻っている。彼は米軍の状況を分かっていないのだ。

「米軍は空港ゲートで退避者に身分証明書を提示させ、入場許可を与えた上で空港内の待機場所に案内する。だが、それは米軍の輸送機に乗せる退避者とそれ以外ということになるようだ。それでは限られた駐機時間内に日本人と日本に協力したアフガン人を自衛隊機に誘導できない可能性も出てくるはずだ。空港は広いんだぞ」

一色は説明を補足した。

「なるほど、米軍主体で動いているので、他国は行動が制限されているということですね」

甘島は大きく頷いた。

「責任は俺が持つ」

一色は蜂須の肩を叩いた。

「それはこっちのセリフだ。やってくれ」

蜂須は一色の肩を叩き返した。

「甘島二佐。小トラ二台にトレーラーを付け、救援物資を積み込んでくれ」

一色は甘島に指示すると、瀬川と部下の直江にハンドシグナルで準備するように合図した。小トラは1／2tトラックの愛称で、パジェロベースの小型トラックである。今回持ち込んだ車両は、防弾処理された特別仕様だ。空港内の移動だけでも必要になるだろう。

五分後、C－2の後部ハッチが開けられ、牽引式トレーラーに物資を積み込んだ二台の1／2tトラックが降ろされた。

先頭の車には一色ら特戦群の五人、二台目の車には瀬川らが乗っている。二台の車は二十メートルほど進み、C－2の後方に停められた。

「何をやっているんだ！」

二人の米兵が血相を変えて駆け寄って来た。

「自衛官の一色中佐だ。二台の車を格納庫の隣りの空き地にでも停めさせてくれ」

一色は助手席から降りて、兵士らに敬礼した。自衛隊の「二佐」では米兵には理解できないため、あえて「中佐」と名乗った。

「米陸軍ホワイト上級曹長です。許可なく勝手に輸送機から車両を降ろされては困ります。引き揚げてください。お願いします」

ホワイトは一色が意外にも階級が高いので言葉遣いを改めたらしい。

「それじゃ、誰にも邪魔にならない場所に、二台の車両を駐車する許可を得てくれ。くれぐれも、誰の邪魔にならない場所に駐車する許可だと上官に伝えるのだ」

一色は二度繰り返して念を押した。

「……分かりました」

首を横に振ったホワイトは、無線機で確認した。

「中佐、上官の許可が得られました。あの格納庫の脇に並べて停めてください。それから、車の撤収は自衛隊で責任を持って完了させてください。タリバンに盗まれますから」

ホワイトは数十メートル先の格納庫の横を指差した。

「感謝する」

一色は笑顔でホワイトに敬礼すると、車に乗り込んだ。

二時間後、C－2は邦人やアフガニスタン人の関係者を乗せることなく離陸した。

「想定内とはいえ、虚しいな」

一色は急速に高度を上げるC－2を見送った。

「午後の便に期待しよう」

瀬川は一色の隣りで呟いた。

3

午後六時二十分、カブール国際空港。

夕闇が迫る中、駐機場で待機していた自衛隊のC－2は、ゆっくりと滑走路へ移動していく。

退避を希望する邦人もアフガニスタン人も空港に現れなかった。日本の救援機は再び退避者を乗せることなく、空港を後にせざるを得なかったのだ。

一方で同じ状況だった韓国は、退避対象者を空港内に収容することに成功し、空港内で韓国軍の保護下に置かれた。

韓国の救出作戦は前日の二十四日から始められた。当初の対象者は韓国政府に協力してきたアフガニスタン人、その家族の、合わせて四百二十七人だった。だが、その日のうちに自力で空港に辿り着けたのは二十六人である。彼らはタリバンの検問所を避けて裏通りを抜け、やっとの思いで空港のゲートを通過したそうだ。

この結果を受けて韓国政府は直ちに方針を変更した。カブール陥落後にカタールに退避していた四名の大使館員が現地に戻り、交渉の結果、米国と契約しているバスを六台確保した。退避者に連絡を入れ、二十五日にカブール市内に散らばっている六台のバスに誘導し、全員を乗車させている。三十六人が残留を希望するなどしたが、三百九十一人が救い出されたのだ。

だが、そのままではタリバンの検問所は通過できないため、米軍人を同乗させてタリバンの検問所を通過し、夕刻までに空港への入場を成功させた。タリバンは、米軍が認めた人員は通過させると約束していたからだ。海外派兵の経験があるだけに、韓国の手際は優れていた。また、空港外での活動を禁止しているにもかかわらず、米兵を派遣した米軍の措置が特別であったことは言うまでもない。

瀬川と一色は軍事エリアの格納庫の脇に立ち、夕日を背に、遠ざかるC－2輸送機を見つめていた。

「行っちまったな」

瀬川はいつまでも空を見上げている一色の背中を叩いた。

「この虚しい現実を日本のお偉方はなんと思うんだろうな」

一色は深呼吸をして歩き出した。瀬川と同じく、無力感を感じているのだろう。

「何も感じないさ。九月末に首相は自民党総裁の任期満了となる。自民党は総裁選挙のことで頭が一杯なんだ。今、アフガニスタンで起きていることは、他の外交問題と大差ない。悲劇でもなんでもない、他人事なんだよ」

瀬川は近くに停めてある1／2tトラックに寄り掛かって溜息を吐いた。

「明日は二、三往復できるだろう」

一色は牽引式トレーラーに手を突き、疲れた表情で言った。明日も結果は同じだと言いたいのだろう。

「日が暮れたら、ここを出るぞ」

瀬川は一色の耳元で言った。彼の部下には空港の外に出ることを伝えてある。だが、聞かせたくはない。ワットとは連絡が取れ、米軍OBによる脱出作戦〝パイナップル急行〟のために空港を出るということになっていた。

午後八時四十分。

ワットとマリアノ、瀬川、加藤、村瀬、鮫沼、それに特戦群の一色が、とある屋敷の塀を乗り越えた。

光度を抑えた赤いライトが点灯する。

「よく来たな」

ハンドライトを手にした浩志は、閉鎖された日本大使館の裏庭でワットらを出迎えた。

グリーンゾーンには日本をはじめとした各国の大使館があり、そのほとんどは閉鎖されている。要所にタリバンの検問所があるが、これは留守の大使館に空き巣が入らないように警戒しているからのようだ。タリバンとしては、政権奪取してアフガニスタンの為政者になったことを国際社会に認められる必要があった。それには、各国の大使館が運営されることが最低限の条件であり、閉鎖された大使館を暴徒などから守る必要があるのだ。

タリバンも国際法は知っているらしく、無人となった大使館に踏み込むことはない。浩志らはそこに目を付けて、人気(ひとけ)のない日本大使館に潜入したのだ。問題があるとすれば、正門から堂々と入ることができないことと、無人に見せる必要があることぐらいである。

昨夜、中央警察署から脱出した浩志らはザザイ邸に直行し、私物や武器、それに食糧も持ち出した。案の定(じょう)、ザザイ邸を出た直後に、タリバンの検察隊が屋敷に踏み込んだ。

　浩志は仲間を部屋に招き入れると遮光カーテンを閉め、奥の応接室に入ったところで部屋の照明を点けた。

「まさか陥落後のカブールで、リベンジャーズが全員顔を合わせるとはな。しかも、ケルベロスの四人も揃っている。一色も歓迎するぞ」

　辰也がカゴに詰め込んだビール缶を仲間に投げ渡しながら言った。台所から勝手に持ち出したらしい。

「さっそく、情報交換しようぜ。フランスはどうなっている」

　早くもビールを飲み始めたワットは、柊真を指差した。

「政府が発表した通り、二十七日を目処に救出作戦を終了させる予定です。作戦に滞りはありません」

　柊真はビール缶のプルトップを開けて即答した。フランスは独自の救出作戦を黙々と遂行しているようだ。

「フランスは相変わらず手際がいいな」

　ワットは苦笑し、ビールを美味そうに飲んでいる。

「そういうおまえは、いつまで〝パイナップル急行〟を続けるんだ？」

　辰也がワットに尋ねた。

「米軍の撤退まで続ける。米軍の救出対象者リストに載っていないアフガン人はまだまだ沢山いるんだ」

　ワットが珍しく生真面目に答えると、啓吾を見た。おまえの番だと言いたいのだろう。

「それでは、日本の状況を報告します。本日、二回飛来した輸送機による救出は、邦人およびアフガン人が空港に現れなかったので失敗しました。これを機に政府は、明日からバスで対象者を運ぶ〝コンボイ・オペレーション〟に切り替えます」

　啓吾は内調の上司に政府の方針を逐次聞いている。また、最新の情報があれば、連絡してもらうことになっていた。

「本当ですか？」

　一色は飲みかけのビールを噴き出しそうになった。イスラマバードに駐屯している統合任務部隊には連絡が入っているはずだが、カブールに入った特戦群には連絡がなかったらしい。

「目下、退避した大使館職員や現地スタッフが、退避対象者に連絡をとっているそうです。輸送支援の対象者は五、六百人。二十七台のバスが調達されたそうです」

　啓吾は淡々と説明した。

「よくそんなに沢山のバスが揃えられたな」

　ワットが口笛を吹いた。

「現地に残されたアフガン人の大使館スタッフがバスを掻き集めたようです。それに政府が、米国が押さえていたバスも拝借したようですね。アビーゲートを使うことになるそうです」

啓吾は不満げな顔をしている。バスを集めた経緯に興味がないのか、あるいは何か問題があるのだろう。

「アビーゲートの前には数千人のアフガン人がいるから大変だぞ。それでも、救出は成功したも同然じゃないか。いや、待てよ。そのバスは、米兵は同乗するのか？　日本人やアフガン人だけじゃ、追い返される。下手すりゃ、銃撃されるぞ」

ワットは啓吾の表情を見て首を捻った。

「私が先頭車両に乗るつもりです。他にも日本人ジャーナリストが一人乗る予定です。問題は、バスに米兵が同乗しなくてもいいように、米軍を通じてタリバンに退避者のリストを渡さなければならないのです」

啓吾は険しい表情になった。彼が気にしていたのはリストのことだったらしい。

「馬鹿な。そんなことをしたらタリバンに情報が渡ってしまうだろう」

辰也が声を上げた。

「リストを見たタリバンが、バスに乗り込んだアフガン人を連行するかバスの通行そのものを妨害する可能性もあります」

啓吾は沈んだ声で続けた。

「米軍を擁護するつもりはないが、二、三名ならともかく二十七台のバスとなれば、ユニットどころか小隊クラスを派遣する必要がある。基地外の活動を禁止している以上、それは不可能だ。米軍はリスク回避のためにタリバンと交渉し、退避者の情報を提供することになったのだろう。せめて六、七台で、四回に分ければよかったんだ」

ワットは首を横に振った。

「六百人を一度に移送するのに二十七台と単純計算したんでしょう。また、一度で運んだ方が、リスクは小さいと考えたようです。すべては、救出作戦の出遅れが原因です。こんな馬鹿馬鹿しい作戦は、机上（きじょう）の空論ですよ」

啓吾は近くのソファーを蹴（け）った。普段は冷静な男が、珍しく荒れている。

「状況は分かったはずだ。そこで、明日は二チームに分けて、コンボイ・オペレーションを陰ながらサポートする。A（アルファ）チームは、俺と辰也、宮坂、田中。B（ブラボー）チームは、瀬川、加藤、村瀬、鮫沼。それぞれ、タリバンの検問所を監視する。必要とあらば、検問所を襲撃し、コンボイを通過させる」

仲間のやりとりを見守っていた浩志は、口を開いた。Aチームは中央警察署で収監されてタリバンに顔を知られている先発の四人とし、残りのメンバーをBチームにした。NATOフォネティックコードで単純にチーム分けをしたのだ。

「それでは、私はアビーゲートで部下と見張りに立ち、誘導にあたりましょう。アビーゲートが一番混雑していますから」

一色は浩志の指示に大きく頷きながら言った。

「ナイスアイデアだ。それなら空港に戻ったほうがいいな。乗っていくか」

ワットが空になったビール缶を握りつぶした。

「助かります」

一色は破顔した。

「見送ろう」

浩志は部屋を出ると裏庭に出た。仲間が浩志の横に一列に並んだ。一期一会、紛争地となったカブールでは、この言葉がより重みを増す。

「再会は日本でになるでしょう。お会いできて光栄でした。今度はゆっくりとお話しさせてください」

一色は浩志に敬礼すると、右手を差し出した。

「おまえは自衛隊の誇りだ」

浩志は笑顔で握手を交わした。この男の振る舞いは、褒めすぎることはないのだ。

「ありがとうございます」

一色は握手をすると、列に並んでいる辰也らとも一人一人力強く握手していく。

「おやすみ」

ワットは右手を掲げた。

「たのんだぞ」

浩志はワットとハイタッチした。

仲間らは陽気にワットとマリアノをハイタッチで見送った。

4

八月二十六日、午後三時半、カブール。

グリーンゾーンの外れに、広大な空き地がある。ショッピングモールに隣接しており、周囲には鉄線が張り巡らされていた。普段は駐車場として使われているようだ。

空き地の出入口近くにあるトタン屋根の廃屋の陰に、ハイラックスが停めてある。浩志はハイラックスの傍(そば)に立ち、空き地を漫然と眺めていた。近くで辰也が干し肉とアフガンパンで早めの昼食を摂(と)っている。陥落から十一日経ち、市内は落ち着きを取り戻し、市民の朝食であるアフガンパンも売りに出ているのだ。宮坂と田中は、空き地の外で見張りに立っていた。見張りは、二時間おきに交代している。

この空き地は日本が調達したバスの駐車場として借りていた。カブールの中心に位置するため、退避希望者は徒歩かタクシーで集合することになっている。だが、時間がかかることが予想され、集合は午後五時半までとし、出発は午後六時に予定されていた。

集合はできるだけ早くと連絡してあるが、バスも人もほとんど集まっていない。契約したバス会社も、日中は他の国が使っているのだろう。必然的に二十七台も集められるのは、日が暮れる前ということになったに違いない。

比較的近くから来たと思われる人々が、この一時間ほどで空き地の奥に五十人ほど集まっている。このペースだと全員が集まるには、出発時間ぎりぎりになるかもしれない。

「まったく、話になりませんよ」

空き地の出入口近くで現地のスタッフと話をしていた啓吾が、ハイラックスの近くにやってきた。車には水や食料が積み込んである。退避者の体調に応じて配るために荷台に積み込んできたのだ。

現地スタッフは退避希望者の名簿を持っており、空き地にやってきたアフガニスタン人の確認をしているのだ。どさくさに紛(まぎ)れて無関係のアフガニスタン人が入り込まないようにしている。気になるのは、離れた場所で三人のタリバンの民兵が煙草(たばこ)を吸いながらその様子を窺っていることだ。

「何を苛立(いらだ)っている？」

浩志は、荷台からミネラルウォーターのペットボトルを取って啓吾に渡した。

「昨夜から退避対象者に連絡をしているそうですが、米軍を介してリストをタリバンに渡すことを伝えると辞退者が続出しているらしいのです。万が一にも脱出に失敗した場合、そのリストがそのままタリバンの処刑リストになると彼らは恐れているのです」

啓吾は受け取ったペットボトルのキャップを取って、水を飲んだ。アフガニスタンは気温は上がらないが、湿度が極端に低い。水分が体から抜けるのが早いのだ。

浩志らAチームと啓吾は、空き地に二時間前から来ている。浩志らは付け髭を付けてアフガニスタン人になりきっていたので、検問も気にすることはなかった。また、瀬川らBチームは空港に行く途中の検問所近くで待機させている。

「辞退者が出るのは当然だ。それを見越して、退避者を減らすことが米軍の狙いだと思われても仕方ないな」

浩志は車にもたれかかり、空き地を見回した。将来的に商業施設でも作る予定があったのか、空き地は整地した形跡がある。アフガニスタンの政権は腐り切っていたが、それでも市民は懸命に働いて発展させようと努力していた。

資金援助を受ける国の政府は必ず腐る。アフガニスタンもそうだが、アフリカが良い例だろう。政治家や政府職員は、国民を無視すればいくらでも金持ちになれる。殺害された中村医師のように、地道に技術を教え、自らの力による発展を促すべきなのだ。

「最終的な退避対象者は分かっているのか？」

浩志は尋ねた。

「おそらく五百人も集まらないでしょう。ただ、政府にとっては、日本人が一人来てくれることが救いになるでしょうね」

啓吾は苦笑した。自衛隊法に基づき「邦人救出」という名目で、アフガン人を救うことができるからだろう。

大使館職員が、アフガニスタン在住の日本人に電話を掛けまくって説得したそうだ。日本人は十人前後いたらしいが、ある女性ジャーナリストが手を挙げた。現地大使館職員が先に脱出してしまった今となっては、彼女の存在が鍵になっているのだ。

彼女は二〇〇一年の米同時多発テロをきっかけにアフガニスタン入りした。通信社のカブール支局の通信員として働きながら、アフガン難民の子供の教育に関わってきた逸材である。

呼び出し音が響いた。

「もしもし、片倉です。一色さん、どうされましたか？」

啓吾はポケットから衛星携帯電話機を出し、電話に出た。

「こちらの状況はバスも人も集まっていません。すぐに空港に向かえる状況ではないですね。……そうですか。仕方がないですよね。よろしくお願いします」

啓吾は首を傾げながら通話を終えた。

「一色か？」

内容が漏れ聞こえ、浩志は気になって尋ねた。

「米軍から十四名のアフガン人の救出を要請され、政府は即答したらしいです。スタンバイしていたC－130Hは、駐機時間も迫っているのでこちらの準備ができていないのなら、十四人を乗せて離陸するそうです。我々はその次になりますね」

啓吾は苦笑いをしている。政府は米国の要請を受けて自衛隊法第八十四条の三、および四の規定を国会の承認もなく、あっさりと破ろうとしているのだ。笑いたくなるのも無理はない。そもそも人道的な見地から言えば、自衛隊法など最初から無視するべきなのだ。

「あれだけ揉めて、救出作戦の遅れの原因にもなっていた自衛隊法の遵守を米国の要請であっさりと翻したんですか」

傍で聞いていた辰也が、頭を掻いている。

「その十四人は、米軍の輸送機からあぶれてしまったんでしょうね」

啓吾は肩を竦めた。

「ひょっとしたら、政府が米国に裏から手を伸ばしたんじゃないのか。米国の要請だと言えば、言い訳として成り立つ。邦人がいない状況で外国人を救出すれば、前例として残る。自衛隊法の改正もしやすくなるだろう」

辰也はミネラルウォーターを飲みながら言った。

「それは深読みしすぎでしょう。そこまで知恵が回る政治家がいるとは思えません。米軍の都合で決められたに過ぎませんよ」

　啓吾は右手を振って笑った。

「啓吾！　辰也！」

　浩志は二人を呼ぶと、空き地の出入口に駆け寄った。アフガニスタン人のスタッフに三人のタリバンの民兵が絡んできて、スタッフを突き飛ばしたのだ。空き地の近くで様子を窺っていた民兵である。

「どうした？」

　浩志は民兵とアフガニスタン人の間に割り込んだ。

「なんだ、おまえは？」

　一人がＡＫ47の銃口を向けてきた。

　浩志は銃口を胸に突きつけられたが、平気な顔で腕を組んだ。

「どうしたんですか？」

　啓吾はスタッフに尋ねた。

「人を集めるのは禁止されているというのです」

　スタッフは怯(おび)えた声で答えた。

「アフガン人が沢山集まっている。すぐ解散させろ！　五分以内に出て行かないとぶっ殺す！」

男はＡＫ47の銃口で浩志の胸を突いた。

「何が悪い？　デモをするわけじゃないんだぞ」

浩志は身じろぎせず男を睨んだ。

「なんだと！」

男はＡＫ47を持ち替え、ストックで浩志の鳩尾を突いた。

「うっ！」

浩志は眉間に皺を寄せて耐えた。

「タリバン政府から許可を得ている。問題はありません！」

啓吾が民兵たちに必死に説明した。

「それがどうした！」

男が怒鳴り返すと、他の民兵が啓吾を殴った。啓吾があえて「タリバン政府」と言ったのに、本部と連絡を取って確認する様子もない。暇を持て余し、暴力で鬱憤を晴らす連中のようだ。

「針の穴、どうだ？」

浩志は左耳に押し込んであるブルートゥースイヤホンを軽く押さえ、日本語で宮坂に尋ねた。辰也が、慌てることもなくさりげなく民兵の背後に回り込む。

――近くにあと二人います。

宮坂からの返事である。

「そっちは任せる」

浩志は連絡を終えると、目の前の民兵が構えるＡＫ47の銃身を握って捻りながら回転させて銃を奪った。ストックで男の顎を砕くとすかさず、隣りの民兵の側頭部をストックで叩きつける。辰也は残りの民兵の背後を襲い、首を強烈に捻った。浩志が日本語で無線連絡をしたことで、辰也は何をすべきか瞬時に理解していたのだ。

「小屋でいいだろう」

浩志は失神している男を担ぎ、廃屋のドアを蹴破ると男を転がした。辰也は一人を肩に担ぎ、もう一人の足首を摑んで運ぶと、小屋に投げ込んだ。遅れて宮坂と田中も民兵を小屋の中に投げ入れる。民兵の所持していたＡＫ47は没収し、ハイラックスの荷台に隠した。

「だっ、大丈夫ですか？」

呆気に取られていた啓吾の両眼が泳いでいる。浩志らがいとも簡単に五人の民兵に対処したことに驚いているようだ。

「狼狽えるな。タリバンも民兵の数を把握しきれていない。多少減っても分からない」

浩志はぴくりとも表情を動かさずに答えた。

5

午後五時四十五分。

ショッピングモールに隣接する空き地にバスが集結している。

当初予定していた二十七台にはまだ届いていないが、現地スタッフの話では途中のタリバンの検問所で時間を取られて遅れているらしい。また、リストに載っているアフガニスタン人もまだ揃っていない。スタッフが電話連絡しているが、リストの情報がタリバンに渡っていることを恐れて参加を見送る者も出ているようだ。

集合時間は五時半までとしていたが、六時の出発直前まで退避対象者を待つことにした。現在の人数なら、バスがすべて揃わなくても収容できるはずだ。

――こちら針の穴、二台のテクニカルがそちらに向かいます。

見張りに立っている宮坂からの無線連絡である。

「了解」

浩志はアフガンストールで口元を覆い、小屋の陰に隠れた。

二台のテクニカル仕様のハイラックスが、駐車場の出入口を塞(ふさ)ぐ形で停まった。荷台には米軍が〝ダッシュK〟と呼ぶソ連製DShK38重機関銃を搭載している。およそ八十年前に開発された代物(しろもの)だが、ベルト給弾式十二・七×一〇八ミリ弾を毎分六百発で発射する破壊力は凄(すさ)まじく、中東やアフリカでは現役である。

「こちらリベンジャー。コマンド1、応答せよ」

浩志は無線でBチームのリーダーである瀬川を呼び出した。

——コマンド1です。どうぞ。

「Aポイントにタリバンの検察隊が現れた。出発を妨害するようなら抹殺(まっさつ)する。応援を要請する可能性もある。スタンバイしてくれ」

Aポイントは、バスの出発地点である空き地のことである。目的地であるアビーゲートをEポイントとし、バスの経路上にある三ヶ所のタリバンの検問所をB、C、Dとしている。瀬川らBチームは、空港の正面ゲートがあるラウンドアバウト近くのCポイントの検問所を見張っている。

——了解です。いつでも呼んでください。

瀬川の声が弾(はず)んでいる。交戦の可能性があると聞いて気合いが入っているようだ。

テクニカルの荷台に乗っていた民兵が立ち上がって〝ダッシュK〟を構えると、後部座席から見覚えのある男が降りてきた。検察隊長のターリクである。二台目の車から三人の民兵が降りてきて、AK47を手にターリクに従う。

「日本が集めたバスがこの空き地から出発すると聞いて、あなたならここにいると思ったんですよ」

ターリクは現地スタッフと並んで立っている啓吾に話しかけてきた。

「何か問題でもあるのですか？　もうすぐバスは出発します。車を移動してもらえませんか？」

啓吾は現地スタッフを庇うように前に立ち、落ち着いた声で尋ねた。

「あなたの護衛はどうされているのかと思いましてね。確かクワタという名前でしたね」

ターリクは、啓吾の言葉を無視して周囲を窺った。

「何を言っているんですか。あなたが殺人の嫌疑を掛けて逮捕したせいで、やむなく他の護衛を雇いました。いつになったら彼らを釈放するんですか？」

啓吾はターリクに詰め寄った。嘘を誤魔化すには逆ギレが有効である。

「彼らが脱獄したことを知らないんですか？」

わざとらしく一歩退いたターリクは、首を傾げた。

「脱獄？　知りませんよ。そもそも無実なのに脱獄するはずがないじゃないですか」

啓吾は大袈裟に両手を振った。なかなかの役者である。

「それが、手違いがあったらしく、看守が彼らに石打ちの刑だと告げたようです。それを聞いて脱獄したのでしょう。方法は未だに分かっていませんが」

ターリクは肩を竦めた。

「それでは、彼らの容疑は晴れたんですね」

啓吾は真面目な顔で頷いた。

「確かに押収した武器からは、何も得られませんでした。ただ、監房の鍵を外したことや二名の見張りをいとも簡単に倒したことで凄腕だと分かりました。そこで、私の知り合いのツテを使って、カブール一の武器商を訪ねました」

ターリクはにやりとして言った。

「武器商？」

啓吾は右眉を上げた。彼は武器商が元傭兵代理店だということを知らない。ターリクはそれを知っていたようだ。

「パシュトー語が話せる凄腕の日本人の傭兵を知らないかと尋ねたら、数人の名前を教えてくれましたが、年齢などを考慮するとコウジ・トウドウという人物が該当します。あなたが雇っていたのは、彼なんでしょう？」

ターリクは目を細めて尋ねた。

「そんなことはどうでも良いでしょう。車をすぐにどけてください！　出発の時間なんですよ」

啓吾は自分の腕時計を指差して怒鳴った。午後六時になったのだ。

「コウジ・トウドウはどこですか？　あなたは知っているはずだ」

　ターリクは啓吾を完全に無視している。武器も持たない相手に動じるはずはないのだ。浩志を見つけるまでは、車を移動させることはないだろう。

　舌打ちをした浩志は髭を剝がし、ペットボトルを手に小屋の陰から出た。浩志に気付いた〝ダッシュK〟の射手が、銃口を向けてきた。

「俺に何の用だ？」

　浩志はゆっくりと近付いた。

「やはり、あなたがコウジ・トウドウなんですね」

　ターリクは満足げな顔をしている。

「何が望みだ」

　浩志はペットボトルのキャップを開けて水を飲むと、テクニカルのボンネットの上にさりげなく置いた。

「武器商は、あなたが世界でもトップクラスの傭兵だと褒めていました。是非ともお話しがしたいと思いましてね」

　ターリクが部下に目配せすると、浩志のボディチェックをした。

「話は後でいくらでもしてやる。車をどけろ」

　浩志はターリクを睨みつけた。

「武器も持たずに私を脅すのですか？」

　ターリクはポケットから煙草を出して火を点けた。浩志らを苛つかせようとする魂胆なのだろう。

「予定変更、煙草だ」

　浩志は呟いた。

　ターリクが咥えた煙草が弾き飛んだ。宮坂が狙撃したのだ。

「おお！」

　ターリクが奇声を上げ、部下が慌てて銃を構えたが、どこから撃たれたのか見当もつかないようだ。宮坂はスコープ付きのＭ４を使っている。少なくとも三、四百メートルは離れているはずだ。

　浩志はもともとペットボトルを狙うように宮坂に命じていた。デモンストレーションとしてはそれで充分だと思ったが、宮坂には簡単すぎると煙草に変えたのだ。

「仲間が四方からおまえたちを狙っている。俺が合図をすれば、死を悟る前におまえらはあの世に行く。まずは車を移動させろ。話はその後で聞いてやる」

　浩志は顎でターリクらに命じた。

　轟音！

「何！」

　浩志は音がした方角を見た。北の方角に煙が上がっている。

「空港の近くだ。自爆テロかもしれない。行くぞ！」

ターリクが血相を変えてテクニカルに乗り込むと、部下たちも慌てて車に飛び乗った。砂煙を上げながら二台のテクニカルは猛然と走り去った。

「空港でなければいいんですが」

啓吾が不安げな顔で爆発があった方角を見ている。

「こちらリベンジャー。コマンド1、応答せよ」

浩志は瀬川を呼び出した。彼らの方が空港に近い。

——大変です。空港の近くで爆発があったようです。

いつも冷静な瀬川の声が裏返っている。

「空港の中か？」

浩志は眉間に皺を寄せて尋ねた。嫌な予感がするのだ。

——たぶん外でしょう。爆撃ではなく、自爆テロだと思います。爆風を我々も感じました。とてつもなくでかい爆発です。周辺はパニック状態になっています。

「爆発地点の情報を集めてくれ」

——了解です。

無線を終えた浩志は改めて北の方角を見た。黒煙がまだ上がっている。爆発の威力を物語っていた。

「出発はできそうですか？」

啓吾は恐る恐る聞いてきた。

「状況が分かるまで、待機だ」

浩志は振り返って言った。

自爆テロ

1

八月二十六日、午後六時過ぎ。

カブール国際空港アビーゲート近くで自爆テロが発生した。ほぼ同時にアビーゲート近くのバロンホテルでも爆発があったと発表された。

バロンホテルは出国待ちの外国人ジャーナリストなどが大勢宿泊していたので、標的になったのだろうという推測が飛び交った。

この自爆テロで少なくとも百六十九人のアフガニスタン人と十三人の米軍兵士が死亡した。また、アフガニスタン人の犠牲者の中には二十八人以上のタリバン兵も含まれているようだ。

爆発の規模からして、テロリストが使う自爆ベルトの二・五倍から五倍の爆発物が使用されたらしい。

事件後、ＩＳＩＳ－Ｋ（イスラム国ホラサン州）が、ＳＮＳ上で犯行声明を出した。ホラサンとはイラン北東部からアフガニスタン北部、そしてパキスタン北東部にまたがる歴史的地名である。メディアからはＩＳ－Ｋ、ＩＳＩＳ－Ｋ、ＩＳＫＰなど様々な呼び方をされている。

爆発はゲートを警備していた米兵の五メートル先で起きたと彼らは主張した。それを証明することはできないが、車に積載した爆弾ではなく自爆ベルトによる犯行だったらしいことは確かだ。周辺は脱出を希望するアフガニスタン人が殺到していたので、車の乗り入れは困難だったからである。

自爆ベルトは密封した過酸化アセトンや砲弾を改造した爆弾などを服の下に隠して体に巻き付けたものだ。それだけでも動きが鈍くなるため、その五倍もの量を体に巻き付けていたかについては疑問だ。だが、証拠も残らないほど、粉々に吹き飛んでしまったため検証はできないだろう。

また、爆発直後に銃撃があったという情報もある。二十三日に正面のメインゲートで正体不明の武装集団によるアフガニスタン警備隊への銃撃事件もあったので、否定はできない。もしくは、爆発でパニックになった兵士や民兵が闇雲（やみくも）に銃撃した可能性もあるだろう。

バイデン大統領は、二十四日にＩＳＩＳ－Ｋによる空港襲撃を警告していたが、現実のものとなってしまったのだ。

午後七時、浩志らを乗せたハイラックスはエアポート・ロードを避け、住宅街の路地裏を北に進んでいる。

自爆テロ後、タリバンの車両や救急車がエアポート・ロードをひっきりなしに行き来するため、浩志らは幹線を外れたのだ。

事故現場には瀬川らＢチームが三十分前に到着していた。爆心地がどこか分からないほど、広範囲に死体が散らばっていると聞いている。テロを警戒し、タリバンの検問所は撤収した。また、空港の各ゲートは固く門が閉ざされているそうだ。現時点で退避希望者の受け入れは中止されたらしい。

これらの報告を受けて、コンボイ・オペレーションは中止された。バスは解散し、集合したアフガニスタン人も肩を落として家路についたのだ。

「ここから先は、行けそうにありませんね」

田中が車を停めた。数台の乗り捨てられた車が、道を塞いでいるのだ。

「宮坂、田中は待機。辰也」

浩志は辰也と共に車から降りて無人の車の脇を進み、空港の周回道路に出た。アビーゲートまでは二百メートルほどの距離である。

火災現場のような焦げ臭い臭気が鼻を突く。

瓦礫が散乱する道路脇には、数えきれないほどの負傷者が横たわっている。米兵やアフガニスタン人の救急士が走り回っていた。血塗れになっている負傷者が多く、生死も分からない。ぼろきれと化した衣服を手がかりに、米兵かアフガニスタン人かを見分けるしか方法はないだろう。

アビーゲートの五十メートル手前まで近付いた。

「むっ！」

浩志は眉を吊り上げた。迷彩服3型を着た兵士の姿があった。特戦群の隊員だろう。見回すと、他にも三人の隊員を発見した。いずれも負傷しているらしく、頭や腕に包帯を巻いている。だが、彼らは道路上に転がっている負傷者や瓦礫の陰をハンドライトで照らしていた。

「藤堂さん」

黒焦げになった車の陰から瀬川が現れた。

「どうなっている？」

浩志は険しい表情で尋ねた。

「特戦群のユニットは日本のバスの車列を迎え入れるために、アビーゲートで米軍の検問を手伝っていたそうです。一色は部下にゲートから出ないように命令し、自身はゲートの外で活動していました。爆弾テロ後、すぐさま一色の部下はゲートの外に出て捜索活動を始めましたが、未だに一色を発見できないのです。そこで、我々も捜索に加わっています」

瀬川は伏し目がちに報告した。ユニットが上層部の命令に反して空港で活動しているため、一色は部下たちには空港外に出ることを禁止したようだ。彼の部下は懲戒免職覚悟で、捜索活動をしているらしい。

加藤と村瀬と鮫沼の姿が見えないが、別の場所を捜しているのだろう。

「まともに爆弾を喰らったのなら、すぐに見つけないと危ないぞ」

傍の辰也が声を上げた。

「全員で捜索する」

浩志は無線で待機を命じた宮坂と田中を含め、全員に集合をかけた。一色の捜索は一刻の猶予もないのだ。

爆風で吹き飛んだ瓦礫や路面に残された傷跡から、爆心地はアビーゲートから十数メートルの距離だと判明した。米軍は二ヶ所で爆発があったとしているが、あまりの凄まじさに二ヶ所と判断したようだ。

仲間を二人一組とし、浩志は加藤と組んで爆心地を調べ、辰也と村瀬、瀬川と田中の二組が爆心地の北側、宮坂と鮫沼の組は南側を捜索するよう指示を出した。

「恐ろしい破壊力ですね。路面がえぐれていますよ。自爆ベルトのテロでこんな強力なのは初めて見ました」

加藤は道路を見ながら言った。

「爆弾を抱えていたやつは、肉片も残らないほど吹き飛んだだろうな。過剰な威力だ」

浩志は険しい表情で周囲を見回した。

「ここから十数メートルの範囲にいたのなら、かなり遠くに吹き飛ばされた可能性があります」

「俺もそう思う」

加藤の言葉に頷いた浩志は、爆心地から半径五十メートル以内の排水溝や建物の屋根の上まで調べるように無線で仲間に伝えた。

浩志は西の方角を見ると、道路脇の崩れた塀を乗り越えて倒壊した建物の上を歩いた。すぐ近くにある排水溝が瓦礫で埋まっている。

「加藤、排水溝を調べてくれ」

「はい」

浩志が瓦礫をどかすと、身軽な加藤が排水溝に飛び降りた。浩志は崩れた建物周辺をハンドライトで照らした。

「むっ」

思わず右眉を吊り上げた。ハンドライトの光が、建物の壁に飛び散っている肉片を捉(とら)えたのだ。すぐ傍にアフガニスタン人と思(おぼ)しき死体もある。

「藤堂さん！」

加藤の叫び声。

浩志はすぐさま排水溝に飛び降りた。数メートル先に加藤のライトが見える。泥水の中を進むと、加藤が一色を抱き起こそうとしていた。

「こちらリベンジャー。全員に告ぐ。一色を発見！　爆心地から三十メートル西南西の排水溝だ。彼の部下を連れてすぐに来てくれ」

浩志は仲間に無線連絡をした。

一色の腹部から内臓がはみ出ている。出血も酷(ひど)いが、ここでは応急処置もできない。

「引き揚げるぞ」

浩志と加藤は一色の左右から肩を貸す形で支えた。一色の体重は九十キロ近くあるだろう。

「あそこから上がれます」

加藤が数メートル先にある鉄製の梯子(はしご)をハンドライトで照らした。

「先に上がってくれ」

浩志は一人で一色を担（かつ）いだ。

加藤が先に梯子に上って一色を引っ張り、浩志が下から押し上げた。

「加藤、代われ」

瀬川が上から声を掛け、加藤と交代した。

「藤堂さん」

排水溝に飛び降りた辰也と宮坂が浩志と入れ替わり、一色を持ち上げる。とてもじゃないが浩志と加藤の二人では梯子を上り切ることはできなかっただろう。

四人掛かりで一色を排水溝から引き上げ、地面に寝かせた。一色は呼吸している。強靭（きょうじん）な肉体と精神の持ち主だからこそ即死を免（まぬが）れたのだろう。

数分後、直江が部下を連れてやってきた。

「二佐、しっかりしてください」

直江が一色の傍に膝（ひざ）を突き、声を張り上げた。彼にはもう助からないと伝えてあるが、腹部の出血を見れば誰でも判断できるだろう。

「直江、……私をこの地に埋めろ。……日本に……連れて帰るな」

一色は両眼を見開き、直江を睨（にら）みつけながら言った。「連れて帰るな」とは、遺体を日本に持ち帰るなということだ。

「何を言っているんですか。一緒に帰りましょう」

直江は首を横に振った。背後に控える部下は口元を手で押さえ、嗚咽を堪えている。

「政争の具に……なりたくない」

一色は自分の死が、改憲派や護憲派に利用されることを危惧しているようだ。また、自衛隊が責めを負うようなことは避けたいのだろう。それには、彼の死というより存在そのものを消す必要がある。

「しかし……」

なおも一色に迫る直江の肩を浩志は掴んだ。直江は浩志を睨むように見つめたが、浩志がゆっくりと首を振ると項垂れた。

「藤堂さん……」

一色は右手を伸ばし、探るように周囲を見た。虚ろな目をしている。すでに視力を失っているのだろう。

「ここにいるぞ」

浩志は直江の反対側に片膝を突き、一色の頭に手を置いた。

「よろしく……お願い……」

一色は浩志の声に反応したが、咳き込んで血を吐き出すとがくりと頭を下げて動かなくなった。

加藤が一色の脈を測り、首を横に振る。

「頑張ったな」

浩志は掌で一色の瞼を閉じさせた。

「……気を付け！　一色二佐に敬礼！」

肩を震わせていた直江が立ち上がり、敬礼した。

四人の部下も背筋を伸ばし、敬礼する。

浩志と仲間も無言で一色に敬礼した。

2

八月二十七日、午前五時十分。

カブール北部、カブリスタン・へ・カハ墓地。

夜明け前の薄闇の中、大勢の男たちが墓地の一角に佇んでいた。

気温は十七度、風もなく不気味なほど静まり返っている。

遺体を日本に持ち帰るなという一色の遺言を叶えるために仲間が集まったのだ。

一色を納めた白木の棺桶の傍に直江と四人の部下が並び、彼らの背後に浩志らリベンジャーズが立っていた。ワットとマリアノ、それに啓吾の顔もある。また、訃報を聞きつけた柊真らケルベロスの四人も一緒だ。浩志らは空軍基地に戻っていた彼らを空港の北ゲートでピックアップしたのだ。

棺桶は、浩志が顔見知りの武器商人であるモハマド・ラサンに頼んで調達し、そのついでに武器も購入している。ラサンがターリクに浩志の名前を漏らしたのは、鞭打ちの拷問を受けたかららしい。情報を漏らすのは許しがたいことであるが、責めるつもりはなかった。ラサンはそれを知って、大量の武器をタダ同然に譲ってくれた。

統合任務部隊は近々日本に帰還するだろう。C－2にせよC－130Hにせよ、帰還すれば必ずマスコミに晒される。隊員らとともに棺が輸送機から下ろされれば、蜂の巣をつついたようにマスコミは騒ぐだろう。

また、極秘に移送されても、統合任務部隊の二百六十人もの隊員と一緒に帰還すればいずれ情報は漏れる。一色は、それを恐れてカブールで極秘に埋葬されることを望んだのだ。葬儀に参列している男たちは堅く口を閉ざし、一色の死を墓場まで持っていくことになる。彼らなら、それができるのだ。

「お集まりの皆様、一色二佐の葬儀に参列していただき、誠にありがとうございました。一言、言わせていただければ、無念です。今の私に浮かぶ言葉は、これだけです。ありがとうございました」

直江は短い弔辞を日本語と英語で発した。誰しもが「無念」の言葉に頷いた。

瀬川を先頭に辰也、宮坂、田中、村瀬、鮫沼の六人が一列に並んだ。彼らはいずれも自衛隊出身である。

「右向け右！　弔銃用意！」

瀬川が前に出て号令を掛けると、辰也らは右に体を回転させ、それぞれアサルトライフルを胸の位置に構えた。

「撃て！」

瀬川の号令で辰也らは左方向に銃を構え、一斉に空砲を撃った。自衛隊式〝弔銃発射〟の儀である。米軍では〝スリー・ヴォリィ・サルート〟と呼ばれる追悼の儀式だ。墓地の周囲に民家はなく、昨日の自爆テロでタリバンもなりを潜めている。銃声を気遣う必要はない。

「弔銃止め！」

三回発射すると、瀬川の号令で辰也らは銃を下げた。

直江らがロープを使って棺をゆっくりと墓穴に下ろすと、用意されていたスコップを使い交代で土を被せていく。

「こんな異郷の墓地に埋葬されて、一色は寂しくないか？」

浩志の隣りに立っているワットが、小声で尋ねてきた。

「直江と部下が落ち着いたらカブールに再入国するそうだ。墓を掘り起こして荼毘に付し、遺灰を日本に持ち帰るつもりらしい。あいつらなら必ずやり遂げるだろう」

浩志は囁くように答えた。

「そうか。……それがいい。ところで、〝パイナップル急行〟は昨日で終了し、関係者は帰国することになった。俺とマリアノはリベンジャーズに戻る」

ワットは意味ありげに言った。

「そうか。分かった」

浩志は小さく頷いた。ワットの言わんとすることは分かっている。

「本日はありがとうございました」

直江が浩志とワットの二人に頭を下げた。

「一色のことを上官に報告したのか？」

浩志は一色の死について質問した。

「帰国したら、二佐は行方不明だと報告します。二佐の信念を無駄にはしません。上官も私の嘘の報告の真意を分かってくださると思います」

直江はきっぱりと答えた。一色は今の憲法に抗議して命令を無視したわけではない。一人の人間として行動したのだ。また、自分の死を利用されることを嫌がっていた。彼の言動が政治利用されないように、直江は対応しようとしている。だが、それには、特戦群幹部からの降格、最悪の場合は懲戒免職による除隊もあり得るだろう。大きな代償は避けられないはずだ。

「任務に戻れ。後は俺たちに任せろ」

浩志は直江の肩を軽く叩いた。

「ありがとうございます。二佐のことをよろしくお願いします」

直江は浩志に握手を求めると、硬い表情で頷いた。彼は浩志の「俺たちに任せろ」という言葉の意味を墓の掃除程度だと思っているはずだ。

「それじゃ、行くか」

ワットは右手を軽く上げた。マリアノが運転するダットサントラックに、直江たちを乗せてきたのだ。昼近くにC－130Hが、カブール国際空港に到着する予定である。直江らの任務は終わっていないが、状況によっては、その輸送機が最後になる可能性もある。とすれば、彼らはその輸送機で帰還せざるを得ないだろう。

浩志はワットとマリアノと直江ら特戦群の隊員らを、墓地の東側にある空き地まで見送った。空き地にはダットサントラックと二台のハイラックスが、停められている。

ワットらはダットサントラックに乗り込むと、砂煙を残して出て行った。

「リベンジャーズは自衛隊と一緒に帰還しますか？　このまま作戦が続けられるとは思えませんので」

浩志が車に乗ろうとすると、柊真が尋ねてきた。彼の後ろにセルジオとマットとフェルナンドの三人が立っている。彼らをハイラックスの荷台に乗せて空港の北ゲートまで送るのだ。

「昨日の自爆テロで日本の作戦は終了するだろうな」

浩志は日の出の太陽を見て答えた。気温はすでに十八度を超えている。

「日本の輸送機に乗って帰国されるんですか？」

浩志の曖昧(あいまい)な答えに苦笑した柊真が、質問を続けた。

「何が言いたいんだ？」

浩志は目を細め、首を傾(かし)げた。

「日本の作戦が終了しても、リベンジャーズはアフガンに留(とど)まるんじゃないかと思いましてね」

柊真が今度は訝(いぶか)しげな目を向けてきた。

「それを聞いてどうする？」

浩志は質問で返した。

「我々は今日で任務が終了します。お手伝いできますよ」

フランスは予定通り、二十七日に救出作戦を終えると公式に発表している。

「自衛隊による救出作戦は、失敗した。退避対象だったアフガニスタン人は置き去りになるだろう。だが、最悪の事態を防がなければならない。任務は残っている」

浩志はハイラックスにもたれかかった。

「対象者は五百人から八百人だと聞いていますが?」

柊真は腕組みをして尋ねた。

「国外に脱出させるのは、無理だろう。彼らが退避するのは、タリバンから迫害を受ける恐れがあるからだ。米軍がタリバンに渡した対象者のリストを奪回する」

浩志はタリバンからの追及を受けないようにすることが、退避に代わる最善策だと信じている。

「どんな方法でですか?」

柊真は何度も頷きながら質問を続けた。

「まだ、決めていないが、タリバンとの直接交渉は必要だろうな」

浩志はにやりとした。ターリクは話がしたいと言っていた。どうせなら、こっちから出向いてやるまでだ。

「面白そうですね」

柊真も笑顔になった。彼らは手伝うつもりなのだ。

「留まれば、軍の輸送機でアフガンから脱出することはできなくなるぞ」

浩志は冷めた表情で言った。

「それは、藤堂さんたちも同じでしょう。陸路で脱出しますよ。あるいはタリバンが収奪した航空機を奪うまでです。パイロットが足りていないので、航空機は余っているそうですよ」

柊真は自信ありげに答えた。強がりではなく、実際にそれができるだけの力量があるということだ。

「分かった。フランスの任務が終わったら合流してくれ」

浩志は助手席のドアノブに手を掛けた。

「リベンジャーズは、一色さんの死をこのままで終わらせませんよね」

柊真は浩志の背中越しに執拗に尋ねてきた。質問の核心はこれだったらしい。浩志が「俺たちに任せろ」と直江に言った言葉の意味を考えていたに違いない。

浩志はドアノブから手を離して振り返った。

「もちろんだ。テロリストを送り込んだ奴らを許さない」

浩志は眉間に皺を寄せて口調を強めた。

「俺たちも同じ思いです」

柊真も浩志に迫った。

「分かっている」

浩志は柊真の肩を強く摑んだ。

「フランスの作戦が終わり次第、駆けつけます」

柊真の言葉に、後ろに控えるセルジオらが頷いた。意思疎通がしっかりできたチームだ。

「タリバンと決着をつけてから連絡する」

浩志は柊真と拳を合わせると、車に乗り込んだ。

3

午前十時五十分。カブール。

シャー・アリ・カーン・ロードを南に向かって走っていた二台のハイラックスとダットサントラックが、道路脇に停まった。

先頭のハイラックスには、浩志、加藤、瀬川、村瀬、それに啓吾が乗っている。二台目には辰也、宮坂、田中、鮫沼の四人、ダットサントラックにはワットとマリアノが乗車していた。浩志らはA、辰也らはB、ワットらはC(チャーリー)とそれぞれチーム分けしている。

ワットとマリアノは、一色の葬儀の後に直江と彼の部下をカブール空軍基地に送り届けると、浩志らと合流した。自爆テロを契機に、米軍OBによる救出作戦〝パイナップル急行〟は終了したが、子供や妊婦も含めて六百人以上のアフガニスタン人を国外に脱出させたそうだ。彼らの行動がトランプ大統領が連呼した米国の病ともいうべき〝アメリカ・ファースト〟に一石を投じるものであったことは間違いない。

「こちらリベンジャー。BとCは位置についてくれ」

浩志は無線で二つのチームに連絡した。

後続のハイラックスとダットサントラックが、走り去った。

「俺たちだけでいいと思うが、本当に一緒に行くつもりか？」

浩志は後部座席の啓吾に尋ねた。

これから中央警察署に行き、ターリクに会う。武器商人のラサンを介してターリクに連絡を入れ、十一時に警察署に行くことになっている。だからと言ってスムーズに話ができるとは思っていない。

前回は話をする前に拘束されてしまった。その轍を踏まないように作戦は立ててある。だが、場合によっては、警察署にいる民兵全員を敵に回し、銃撃戦になることもあり得るだろう。そうなれば、非戦闘員である啓吾は足手まといになるのだ。

「私の力不足で、日本の退避作戦は失敗しました。アフガンに進駐していなかった日本をタリバンは悪く思っていないそうです。彼らは日本人に戻って欲しいとも言っています。それを材料に説得するつもりです。彼らも争いは避けたいはずです」

啓吾は拳を握りしめて答えた。

「イスラム原理主義者にとって、人間はイスラム教徒とそれ以外の二種類しかない。というか、人間とすら認めないいんだぞ。それを忘れるな。銃撃戦になったら、隠れろ。簡単に死ぬなよ」

浩志は苦笑した。

――こちら爆弾グマ。配置に就きました。

五分後、辰也からの連絡が入った。

「了解。待機してくれ」

――こちらピッカリ。準備できたぞ。派手にやってくれ。

さらに二分後、ワットが陽気に連絡してきた。彼らは中央警察署が見える別々の位置から狙撃をサポートする。警察署が見える建物の屋上に陣取ったはずだ。

「こちらリベンジャー。モッキンバード応答せよ」

浩志は友恵に連絡をした。仲間の無線と彼女のIP無線機も同時に繫がっている。彼女にもサポートを頼んでいた。

――こちらモッキンバード。準備できています。

IP無線機の応答は一テンポ遅れるが、それは仕方がない。

「頼んだぞ」

浩志が返事をすると、瀬川が車を出した。スーツ姿の啓吾を除いて全員ペロン・トンボンにターバンとアフガンストールという、タリバンの民兵の標準的なスタイルである。

シャハララ・ロードの交差点を左折したところで、瀬川は速度を落とした。荷台から加藤が飛び降り、建物の陰に消えた。先に警察署に潜入させるのだ。

瀬川は警察署正面に置かれている二台のテクニカルの前で車を停めた。浩志と啓吾が車から降りた。瀬川と村瀬には車で待機を命じている。

「また来たのか！」

三日前も見張りに立っていた若い民兵が、テクニカルの助手席から現れて喚(わめ)いた。

「また、おまえか。ターリクを呼んでこい」

鼻先で笑った浩志は、民兵の前に立った。

「偉そうに何を言っている」

若い民兵がＡＫ47の銃口を向けると、別の民兵がボディチェックをしようと近付いてきた。

「げっ！」

民兵が浩志のシャツの胸元を見て飛び退(の)いた。

「死にたくなかったら下がれ」

浩志はペロン・トンボンのボタンを外し、前をはだけた。シャツの下に自爆ベルトを巻いてきたのだ。

昨夜、爆弾の専門家である辰也に作らせたフェイクである。ただし、爆弾は本物で、引き抜いて手榴弾(しゅりゅうだん)のように使えるようになっていた。身柄を拘束されないようにするべく、テロリストの常套(じょうとう)手段である自爆テロを真似(まね)たのだ。

「まっ、待て、止まれ！」

若い民兵が前に立ち塞がった。

「俺を撃てば、半径百メートルが跡形もなく吹き飛ぶ。どけ！」

浩志は眉一つ動かさずに言うと、ペロン・トンボンを脱ぎ捨てた。Ｔシャツの上の、前後に八個の爆弾を取り付けたベストが露(あら)わになる。Ｃ４を使っているため撃たれても爆発はしないが、威力は半端じゃない。

「あっ、あ」

狼狽(うろた)えた民兵は、後ろに下がって正面玄関の石段に足を取られて転んだ。

「さっさと、ターリクを呼んでこい！」

浩志は二人の若い民兵を怒鳴(どな)りつけた。

男たちは石段を這(は)い上がり、玄関に入っていった。

「大丈夫ですか？　あんなに脅して」

啓吾が心配そうに見ている。瀬川と村瀬は、笑いを噛(か)み殺している。

「原理主義者が服従するのは、恐怖に対してだ。宗教でもスマイルでもない」

浩志は石段をゆっくりと上がりながら答えた。

武装集団の上層部は配下が従わなければ、教えに背(そむ)いたとして死刑にする。恐怖で縛りつけることで、組織をまとめているのだ。

建物に入ると、二十人ほどの民兵が遠巻きにしながら、ＡＫ47の銃口を向けてきた。

「銃撃すればこの建物ごと爆発する。死にたくなかったらトリガーから指を離せ！」

浩志は男たちを見回しながら恫喝（どうかつ）した。

「何事だ！」

ターリクが奥の部屋から部下を引き連れて現れた。一人の民兵がターリクとすれ違い、彼が現れた部屋に入って行く。加藤である。タリバンが使っているパソコンが特定できないため、友恵も外部から対処できない。そのため、加藤が直接パソコンにＵＳＢメモリを挿し、友恵が作ったウィルスに感染させるのだ。

パソコンからタリバンのサーバーにウィルスが感染し、自動的にインターネットを経由して友恵に情報を流し始める。データを解析して米軍がタリバンに渡したアフガニスタン人の情報を削除するのだ。もっとも、計算高い池谷は、盗み出した様々な情報を政府に渡すだろう。いずれ米国にも日本政府を介して情報は伝わるはずだ。浩志の派手な演出は、陽動作戦でもある。

「おまえの望み通り、出向いてやった。平和的な話を拒めば、不幸な結果になるだけだ。どうする？　前回はいきなり逮捕されたからな」

浩志は平然と言った。

「ちゃんと、十一時に約束したじゃないか。陥（おとしい）れるつもりはない。穏便に話し合おう」

　ターリクは部下らに銃を下げるように命じた。

「ミスター・ターリク。会議室でお話ししませんか？」

　啓吾は浩志の前に立ち、落ち着いた声で言った。浩志があえて強面（こわもて）を演じているので、周囲の男たちはほっとした表情を見せている。

「ついて来てくれ」

　ターリクは渋い表情で言うと、部下たちを下がらせてカウンターの左奥へと歩き出す。

　――こちらトレーサーマン。種まき完了。

　加藤からの連絡だ。「種まき完了」とは、ウィルスを感染させたということである。あとは友恵に任せれば、うまくいくだろう。とりあえず、第一段階はクリアできた。

「いいだろう」

　浩志は啓吾に目配せしてターリクに従った。

4

　午前十一時五分。カブール中央警察署。

　ターリクは三十平米ほどの部屋に、浩志と啓吾を通した。

　中央にある長テーブルを挟んで啓吾が窓際（まどぎわ）に座らされたので、浩志は窓を背にして立った。ターリクはその向かいに座り、彼の背後に三人の武装民兵が立っている。正面玄関を見張っていた若い民兵と違い、三十代半ばの鍛え上げられた男たちだ。

「ミスター・カタクラ、日本は救出作戦を中止したと聞きましたが、その件でいらしたのですか？」

　ターリクが腕を組んで尋ねた。口元は笑っている。タリバンは、アフガニスタン人の国外脱出を快く思っていない。日本が失敗したことを嘲っているのだろう。

「あなたは日本がアフガニスタンに対して、これまでどのように関わっていたか知っていますか？」

　啓吾は静かに尋ねた。

「……軍事面以外で援助していたことは知っている」

　ターリクは一瞬考えて答えたが、その程度の知識なら誰でも知っていることだ。

「日本は二〇〇一年から二十年間で六十九億ドル（日本円で七千五百九十億円）の援助をアフガンにしています。内容は、学校や病院、空港や幹線道路などのインフラの整備や建設、農村開発など多岐にわたります。また国際ＮＧＯの活動であなたもご存じの中村医師は、用水路の整備をし、農地の再生に取り組みました。中村医師の造った用水路は六十五万人のアフガン人の命と生活を支えていると言われています。この意味が分かりますか？」

啓吾は穏やかな口調で言った。

「それは、日本が前政権に対して行ったことだ。無関係のタリバンに礼を言って欲しいのか？」

ターリクは肩を竦めた。

「日本は、前政権のためではなくアフガニスタンという国家の基礎体力を付け、持続可能な発展を促すための取り組みをしてきたのです。日本の援助のもとで一緒に働いてきたアフガン人は日本の技術を学び、スキルを持っています。彼らはこれからのアフガンに必要な人材で、タリバンに敵対することはありません」

啓吾は真剣な眼差しで説明した。日本の政治家が啓吾のようにタリバンに直接語りかけることができたらどれだけ事態は良くなることだろう。浩志は背後で聴きながら思わず頷いた。

「日本に協力したアフガン人はタリバンの役に立つと言いたいのだろうが、それを決めるのは我々だ。日本人ではない」

ターリクは冷たい視線で言い返した。タリバンは言葉では日本人に敬意を表しても、心底そうは思っていないのだろう。所詮日本人は、非イスラム教徒でしかないのだ。

「あなたはアフガンの発展に今後、日本は無関係でいろとお考えですか？」

啓吾は鋭い視線で睨んだ。

「誰もそんなことは言っていない。我々は日本と友好関係を結びたいと思っている」

ターリクは首を振った。

「それでは、私の意見を上層部にお伝え願いたい。できれば、直接お話ししたい。タリバンが国家運営をする上で、有力な情報をお伝えできるかもしれません。お取り次ぎ願えますか」

啓吾は身を乗り出して言った。ターリクは上層部への足掛かりに過ぎないのだ。

――こちらモッキンバード。クリーニング完了。

友恵から連絡が入った。クリーニングとは、タリバンのサーバーに入っている日本に協力したアフガニスタン人のリストの消去のことである。作業が完了したら知らせるように頼んでいたのだ。

浩志は咳払いをした。彼女への返事であると同時に啓吾にリストの消去に成功したという合図でもある。リストが消滅した時点で、タリバンとの打ち合わせは正直言ってどうでもいいのだ。

「……なるほど。あなたが、日本の代表だと証明されれば、喜んで会合の席を用意しましょう」

ターリクは笑顔になった。啓吾を使って上層部に取り入ろうと思っているのだろう。啓吾もそのつもりで餌を撒いたのだ。

「私はバラダル師とお話がしたい。セッティングしてもらえれば、日本政府の許可はおります」

啓吾は自信ありげに言った。彼はタリバンとの交渉を諦めていないらしい。

アブドゥル・ガニ・バラダルはタリバン創設者の一人で、政治部のトップである。穏健派で対米交渉を統括しており、新生タリバン政権の首相と目されている人物だ。彼との交渉が実現できれば、アフガニスタン人の退避も可能になるかもしれない。

「バラダル師か、目の付け所がいいな。あの方なら日本の使者と会ってくださるだろう。私が……待ってくれ」

ターリクはポケットから呼び出し音を上げるスマートフォンを出した。

「はい……はい。私が、ですか？」

電話を取ったターリクの表情が険しくなった。

「……はい。了解しました。直ちに」

ターリクは通話を切って黙り込んだ。顔が引き攣っている。言葉遣いからしてタリバンの上層部からの連絡だったのだろう。

「どうかされましたか？」

啓吾が心配そうに尋ねた。

「ハッカーニ師に呼び出された。君たちも一緒にアルグに来るんだ」

ターリクは浩志と啓吾を交互に見た。アルグとは大統領府宮殿のことである。

「ハリル・ハッカーニ師のことですか！」

啓吾は甲高(かんだか)い声を出した。

ハリル・ハッカーニは、タリバンの軍部の重要な地位を占めるハッカーニ・ネットワークの最高幹部であり、タリバンの最強硬派である。また、ハッカーニ・ネットワークは伝統的に自分たちを精鋭部隊〝バドリ軍〟と呼び、アルカイダとも連携していた。タリバンによる破壊工作やテロ行為は、すべてハッカーニ・ネットワークが関係していると言っても過言ではない。

「ハッカーニ師に会った後、バラダル師にも引き合わせる。ただし、ミスター・トウドウ。その自爆ベストを脱ぎ捨てることが条件だ」

ターリクは立ち上がって浩志の自爆ベストを指差した。

「いいだろう。安全だと分かればな」

浩志は不敵に笑った。

5

カブールのアルグは、一八八〇年にアブドゥッラフマーン・ハーン国王によって基礎が造られた城である。

　アルグは代々の国王の王宮として、あるいは大統領官邸として使われてきた。カブール陥落後はタリバンの政府庁舎になり、タリバン最強のエリート部隊〝バドリ第313大隊〟によって警護されている。

　午前十一時十五分。

　浩志らを乗せたハイラックスは前後をテクニカルに挟まれ、シャー・アリ・カーン・ロードを北に向かって猛スピードで走っていた。

「ハッカーニ師と会うんでしょう。すごいことになりましたね」

　ハンドルを握る加藤が、感慨深げに言った。これまでタリバンとは何度も交戦している。当然のことながら〝バドリ軍〟とも闘っているはずだ。そのトップに会うことになった。呼び出しておきながら拘束する確率は少ないとは思うが、ゼロとは言い難い。

「カブールを占拠したやつらと顔を合わせることになると思っていた。だが、戦闘以外で会うとは想像もしなかった」

　浩志は苦笑した。中央警察署を出る際に自爆ベルトは没収されている。武器は座席の下にまだある。だが、隠し持ったとしてもアルグで没収されるので出すだけ無駄だ。

「すみません。皆さんを引き込んでしまったことをお詫びします」

　後部座席の啓吾が青ざめた顔で言った。

「誰しもアフガンに自分の意志で来ている。傭兵は危険な職業で、死ぬことは想定内だ。何も問題はない」

浩志は何気なく言って笑った。脳裏に京介（きょうすけ）の顔がなぜか浮かんだのだ。寺脇（てらわき）京介は、三年前に紛争地で殺害されたリベンジャーズ創設メンバーの一人である。必ずといっていいくらい入出国で厳しい取り調べを受けるというほど凶悪な顔をしていた。命知らずでクレイジーモンキーと呼ばれていたが、面白い男でチームのムードメーカー的存在でもあった。

京介がもしこの場にいたなら、怖気（おじけ）づくどころかはしゃいで天敵とも言える辰也に怒鳴りつけられていただろう。その光景が目に浮かび、笑ったのだ。

「ハッカーニ師と会うのが楽しみなんですか？」

啓吾が首を傾げた。笑ったところを見られたようだ。

「ある意味な」

浩志は真面目な顔で答えた。京介の話をしたところで、加藤にはウケるだろうが啓吾には理解できないからである。

先頭のテクニカルにはターリクが乗っていた。シャープル・スクエアと呼ばれるラウンドアバウトで右折し、スルー・ロードに入った。

アルグは中央警察署から一・四キロほどの距離だが、警察署前のエブン・エ・シナ・ロードからアルグの正面玄関前の通りであるビビ・マハル・ロードとの交差点がコンクリート壁で完全に塞がれているため、回り道をしているのだ。おそらくアフガン政府が、侵攻してくるタリバン軍から大統領府を守るために築いたのだろう。

三台の車列は次のラウンドアバウトで右折し、ビビ・マハル・ロードに入り、五百メートルほど先にある広場のような場所で停まった。ここまで三ヶ所のタリバンの検問所があったが、スピードを落とすことなく抜けている。

アルグのアーチ型の正門の前には装輪装甲車輌ＭＲＡＰと二台のソ連製戦車Ｔ－62が停められている。

ターリクが車を降りたので、浩志と啓吾も車を降りた。

「お二人で大丈夫ですか？」

荷台に乗っている瀬川が心配そうに尋ねた。アルグに入れるのは、浩志と啓吾だけだとターリクから言われている。辰也とワットのチームは、途中の検問を抜けることができないため、徒歩でアルグの近くまで来ることになっていた。

加藤ならなんなく潜入できるだろうが、あえて待機を命じている。啓吾と一緒なので騒動を起こした場合、生きて出られる可能性は低い。タリバンの本拠地で彼らと交戦しても全滅するだけだ。仲間を道連れにするつもりはない。

「ここから先は、徒歩だ」

ターリクは浩志らを促すと、T－62の間を抜けて正門前に立っている迷彩戦闘服の男たちに軽く手を上げ、その先にあるゲートを通った。

浩志と啓吾はゲートでボディチェックを受け、金属探知機も掛けられた。

ターリク、浩志、啓吾の順に進む。ターリクの三人の部下は、ゲートで武器を預けて付いてきた。タリバンの民兵も、大統領府内では武器の携帯を許されていないらしい。

中央分離帯がある幅二十メートルほどの石畳が、正面の宮殿まで続く。

石畳の道の左右には、十メートルおきに警備兵がSPCボディアーマーとLWH戦闘用ヘルメットを装着し、M4を構えて立っていた。〝青ガエル〟と呼ばれる韓国製の戦闘服を着て、一般の民兵が携帯しないハンドガンも装備している。

彼らは〝バドリ第313大隊〟の中でもさらに精鋭部隊に違いない。

警備兵が、ペロン・トンボン姿のターリクに敬礼した。ターリクはどこか気まずそうな顔で敬礼を返す。

「ひょっとして、警備兵は元部下なのか？」

浩志は小声でターリクに尋ねた。

「なぜ分かった」

ターリクは両眼を見開いて聞き返してきた。

「軍人の上下関係は、単純に階級だけじゃない。自ずと敬礼などの所作に表れるものだ」

頷いた浩志は答えた。警備兵からターリクへの敬意を感じたのだ。

「そういうものか。私は313大隊の指揮官をしていたが、カブール占領後に検察隊長を命じられた。聞こえはいいが、左遷だ。ここだけの話だが、ハッカーニ師からはよく思われていない」

ターリクは鼻先で笑った。彼が垣間見せるどこか投げやりな態度の意味が、分かったような気がする。カブール侵攻で何か落ち度があり、責任を取らされたのだろう。

八十メートルほど進んで二番目のゲートを通り、大統領府の中央にある塔のアーチに入った。アーチの向こうは中庭が広がっており、アーチの左右には木製の扉がある。どちらの扉にも警備兵が立っていた。

ターリクは、左側の扉の前に立ち止まった。敷地内に沢山の建物があり、大物であるハッカーニの執務室はおそらく奥の建物にあるのだろう。

「ハッカーニ師は、中庭でお待ちです」

警備兵はターリクに敬礼して言った。

「分かった」

頷いたターリクは、アーチを通り抜けて中庭に出た。中央にある道の両側に樹木が植えられ、左右には芝生が広がる。緑が溢れる庭は、アフガニスタンであることを忘れさせる光景だ。

ていた。


「ターリク、こっちだ」

低いよく通る声で呼ばれた。

左手奥に白い大きなタープが張られており、その下に髭面で黒いターバンを巻いたペロン・トンボン姿の男が椅子に座っている。周囲はＡＫ47を手にした十数人の民兵が警戒していた。

「ハッカーニ師」

ターリクが、ハッカーニの前で頭を下げた。浩志と啓吾は彼らから数メートル離れた位置に立った。迂闊に近付けば、警備兵に何をされるか分からないからだ。

「ターリク。その二人が例の日本人か？」

ハッカーニは、浩志と啓吾を交互に見た。

「そうです。ミスター・カタクラとミスター・トウドウです」

ターリクが簡単に紹介すると、ハッカーニは浩志らに手招きをした。

「トウドウ、おまえの名前は以前から聞いている。カブールにリベンジャーズも来ているのか？」

ハッカーニは、啓吾に見向きもしないで浩志に話しかけた。リベンジャーズの名前も知っているらしい。リベンジャーズは裏社会では、有名と聞いたことがある。

「そうだ」

浩志は胸を張って頷いた。

「日本人の救出作戦のためか？」

ハッカーニは射るような視線を向けてきた。タリバンの武闘派で米国では五百万ドル（約五億五千万円）の賞金も掛けられている大物だけに一癖も二癖もありそうだ。

「そうだ」

浩志はハッカーニの視線を外さずに単純な言葉を繰り返した。

「昨日の自爆テロで、日本人が一人死んだらしいな」

ハッカーニは探るように尋ねてきた。

「どうして、それを？」

浩志は右眉を吊り上げた。一色の死は、誰にも知られないようにしていた。米軍にさえ、報告していないのだ。

「空港の各ゲートは、我々が見張っている。日本の兵士が一人だけいれば、すぐ分かる。知り合いか？」

ハッカーニは鼻先で笑った。

「友人だった」

浩志は小さく頷いた。

「米国の巻き添えで、タリバンの民兵も三十人死んだ。許されない行為だ。日本はどうするのだ。自国の兵士を殺されても黙っているのか？」

ハッカーニは浩志をじろりと睨んだ。

「生命には生命、目には目」

浩志はコーランの一節で答えた。「目には目を歯には歯を」というのはハムラビ法典でも知られているが、イスラム刑法でも同等の罰ということで〝キサース〟に定められている。

「ほお、〝キサース〟を知っているのか。気に入った。それでは、ターリクが率いる部隊と一緒にホラサン州を討伐するがよい。自爆テロを許したのは、検察隊の責任だからな」

ハッカーニはにやりとした。

「どうして、俺たちが一緒に行かなければならない？」

浩志は険しい表情になった。一色の弔い合戦は、仲間と話している。だが、タリバンと手を組むのは御免だ。

「討伐するまで、ミスター・カタクラは、こちらで預かるからだ」

「人質にするというのか？」

「いや、客として丁重に扱う。だが、結果を出さずに帰ってくれれば、命の保障はない」

ハッカーニは右手を軽く振った。すると、啓吾の周りを民兵が取り囲んだ。

「卑怯な」

浩志はハッカーニを睨みつけた。

「出発前に噂通りか、腕前を見せてくれ。足手まといなら、この場で死んでもらう」

ハッカーニが振り返り、民兵の中でも一番体の大きな男を指差した。

男はハッカーニに一礼すると、ペロン・トンボンを脱ぎ捨てて上半身裸になった。身長一九〇センチほど、鎧のような筋肉に覆われている。

浩志もペロン・トンボンを脱いだ。身長は一八〇センチに満たないが、鍛え上げた筋肉に無駄はない。

「ほお」

ハッカーニが唸った。浩志の上半身には、数えきれないほどの銃創や刀傷がある。生死を彷徨った大きな傷も無数に残っているだけに凄みがあるのだ。

男は浩志の体を見て眉を吊り上げ、ボクシングスタイルに構えた。

「いつでもいいぞ」

浩志は軽く両手を上げ、リラックスした表情で言った。年齢的に体力の衰えは仕方がないが、技のキレは以前と変わらない。むしろ、年齢を重ねた分、無駄のない闘い方ができるようになった。

「おお！」

男は咆哮を上げて、左右のパンチを繰り出す。重いパンチで、スピードもある。まともに喰らえば、一発でノックアウトだろう。

浩志は足を使って軽くかわすと、右裏拳を男の顔面に叩き込んだ。鈍い音がして男の鼻から血が噴き出した。鼻の骨が折れたのだ。だが、男は手の甲で鼻血を拭き取ると、飛びかかってきた。

浩志は後ろに飛びながら右前蹴りを男の顎に決めた。軽く蹴ったが、男が体重を載せて踏み込んできたため衝撃は凄まじい。男の頭部が激しく上下に揺れた。

「うっ！」

男は両手を伸ばした状態で倒れ、昏倒した。動きは悪くなかったが、百戦錬磨の浩志からすれば経験がなさすぎる。物足りないほどだ。

「まだ、テストをするのか？　準備運動はできたぞ」

浩志は呼吸を乱すことなく、ハッカーニを見た。一対一なら、ハッカーニの周囲にいる兵士は全員倒せるだろう。

「いっ、いや、問題ない」

両眼を見開いたハッカーニは、大きく頷いた。

イスラム国ホラサン州

1

ＩＳＩＳ－Ｋは、タリバン支持組織〝ＴＴＰ（パキスタン・タリバン運動）〟の地方司令官だったハフィズ・サイード・カーンが、ＩＳＩＳ（イスラム国）の最高指導者バグダディに忠誠を誓って二〇一五年一月に設立された。

アフガニスタン東部のクナール州の山間部からパキスタン国境付近を主要拠点としており、約二千二百人の戦闘員を抱える比較的小さな組織である。だが、結婚式場や大学や病院など、群衆が集まる場所で自爆テロを行う凶悪な武装集団だ。

かつてＩＳＩＳ－Ｋは、ハッカーニ・ネットワークを通じてタリバンと繋がっており、共同で様々なテロ活動をしていた。だが、現在は敵対関係にあり、二十六日のカブール自爆テロではタリバン民兵をも容赦なく巻き込んでいる。

タリバンがアフガニスタンを制圧するにあたって、二〇二〇年に米国と和平交渉をしたことをISIS-Kは問題視した。タリバンはジハードで支配せず、米軍と協力しようとし、イスラム法すら適用しない「背教者」と決めつけているのだ。

八月二十七日、午後五時十分。

七台の車列が、砂塵を巻き上げながらカブール-ジャララバード・ハイウェイを疾走していた。紛争地での移動は、狙撃を避けるためにスピードを落とさないことが常識である。

先頭のテクニカルにターリクと四人の部下が乗っており、その後ろの二台のテクニカルは、ターリクのかつての部下だった〝バドリ第313大隊〟に所属する八名の民兵が乗っている。

四台目と五台目のハイラックスには、浩志らリベンジャーズが分乗し、六台目のダットサントラックには、柊真らケルベロスが乗車していた。七台目のハイラックスはタリバンの補給部隊の車で、水や食料やガソリンを積んでいる。

ちなみにそれぞれの車をアラビア語の数字で呼び、それをチーム名にすることになった。一台目は〝ワーヒドゥ〟、二台目は〝イスナーン〟という具合で、順番に〝サラーサ〟、〝アルバァ〟、〝ハムサ〟、〝スィッタ〟、最後の七台目は〝サブァア〟である。

浩志はハッカーニに、タリバンと共同でISIS－Kの討伐を行うことを約束させられた。もともと、リベンジャーズとケルベロスで討伐することは決めていたが、タリバンと一緒にというのは反発がある。だが、啓吾を人質に取られたため、やむなく手を組むことになったのだ。

人質といっても大統領府で客人として扱うと、ハッカーニは約束している。この機会にタリバンの上層部とパイプを作ると啓吾も張り切っていた。だが、浩志はハッカーニを信じてはいない。一刻も早く作戦を遂行し、カブールに戻るつもりだ。

アルグを出た浩志は、準備のために仲間を日本大使館に集めて装備を整えた。武器商からただ同然で揃えた武器があるからだ。スコープとサプレッサー付きのM４にグロック17、それにボディアーマーも人数分ある。単純に銃撃だけなら頑丈なAK47は捨てがたい。だが、狙撃精度と消音性を考慮してスコープとサプレッサー付きのM４で揃えたのだ。

「それにしても、日本の救出作戦はなんだったんでしょうかね」

辰也は溜息交じりにハンドルを握っている。

日本人で退避を希望していた女性ジャーナリストが、自力でカブール国際空港まで辿り着き、彼女を乗せたC－１３０が無事イスラマバードに向かったことを傭兵代理店から聞いたのだ。

彼女一人でも救い出せたのは喜ばしいことである。問題は、政府は事実上作戦が終了したと認識していることだ。日本に協力したアフガニスタン人を一人も救い出せなかったにもかかわらず、後ろめたさも感じていないらしい。辰也だけでなく、仲間は腹立たしさを通り越して呆れているのだ。

「日本人はすぐ忘れると政治家は思っている。実際、そうなるだろう。だから、大失態でも日本の政治家は平気なのだ。面の皮が厚いのは当たり前だ」

助手席の浩志は淡々と言った。マスコミもすぐに総裁選に見出しを替えるだろう。記者クラブという仕組みで日本は情報統制されていることを、大多数の国民は知らない。大手新聞社の垂れ流す情報を安易に受け入れているのだ。

目的地であるナンガルハル州の州都ジャララバードは、クナール州の南に位置する。アフガニスタンで人口第八位の都市であり、パキスタンに通じる交通の要衝だ。そのためタ―リクは、ISIS－K討伐のベースキャンプをここに決めていた。ジャララバードは、これまで様々なイスラム系武装集団のテロに見舞われてきた。ペシャワール会代表であった中村医師が、TTPの銃撃で命を落としたのもこの地である。

「ダロンタダムのようですね」

辰也が左手の荒地に幾筋もの川が流れているのを見て言った。ダム湖の水位が下がり、湖底が見えているのだ。

数キロ走ると、ダムで堰き止められた川の水が溜まり、池になっていた。ダムを過ぎれば、ジャララバードまでは十キロもない。

「ターリクは、ISIS－Kのアジトを知っているんですか？」

後部座席に座る加藤が尋ねてきた。後ろの席には加藤と村瀬が座っている。瀬川はクジで外れたので、荷台に座っていた。加藤は比較的小柄だが、瀬川と村瀬は一八〇センチを超える大男である。三人で後部座席に座るのは狭すぎるのだ。

後続のハイラックスも同じで、運転をマリアノ、助手席にワット、後部座席に宮坂と田中、荷台に鮫沼が乗っている。

「ISIS－Kはタリバンを目の敵にしている。そのため、北東部を制圧したタリバンは情報を集めて警戒していたそうだ。ジャララバードでは、制圧前からタリバンの民兵が住民に交じって情報収集をしていたらしい」

浩志は前を見たまま答えた。討伐のための情報はターリクからある程度得ている。ハッカーニがターリクを責めたのも、ISIS－Kの自爆テロを感知できなかった責任は検察隊にあるからだという。自爆テロを防ぐのなら軍だけでなく警察や市民の協力が必要である。それができない紛争地で自爆テロを未然に防ぐことは、不可能に近い。

十分後、車列はジャララバード西のラウンドアバウトにあるタリバンの検問所を通り過ぎた。検問所の民兵は、車列を見て唖然としていたので、事前に知らされていなかったのだろう。メインロードを二キロほど進んで狭い路地に右折し、塀に囲まれた空き地でようやく停まった。

ターリクらタリバン兵が車から降りた。ホテルにチェックインすると聞いている。空き地の隣りにある三階建ての〝トゥームスタン・ホテル〟に入った。外観もそうだが、内部もかなり古い。メインロードにはここよりも大きなホテルがあったが、素通りしている。馴染(なじ)みのホテルなのだろう。

「このホテルのオーナーはタリバンの協力者で、付き合いも古いのだ。それに大通りから外れているから狙撃される恐れもない。好きな部屋の鍵(かぎ)を取ってくれ。どの部屋も造りは同じだ」

ターリクはフロントに立っている髭面(ひげづら)の男に軽く右手を上げると、カウンターに並べられている鍵の一つを取った。チェックインは必要ないらしい。

「飯は？」

浩志はターリクに尋ねた。昼飯も食べていない。腹が減って血糖値が下がっている。仲間も同様で、大食いの辰也や宮坂は今にも人を殺しそうな顔つきになっていた。

「近くにアフガン料理の店がある。十五人も入れば満席になる小さな店だから、先に食事をしてきてくれ。武器はフロントの横に置いていてくれ」

ターリクは腕時計を見ながら言った。午後五時二十八分、夕飯の時間には少し早い。

「そうする」

浩志はカウンターから鍵を取ると、M4をフロントの横に立て掛けた。仲間も鍵を取ってM4をフロント横に預け、ホテルを出た。

「あいつらが先に食べたら、間違いなく店の食材が底を尽きますよ」

プロレスラーのような体型の柊真らケルベロスの男たちを見て、辰也が首を振っている。

「他人のことが言えるか」

鼻先で笑った浩志は、仲間と共に五百メートルほど離れたメインロード沿いの〝カブールレストラン〟に入った。他に客はいなくとも、リベンジャーズとケルベロスの仲間がテーブル席に着けば満席になりそうだ。かといって特別狭いというほどでもない。

ただ、気になることがある。道路側がファミリーレストランのようなガラス窓ということだ。窓に〝カブールレストラン〟と英語とアラビア語で併記されているが、目隠しにはならず、外から店内がよく見えるので落ち着かない。傭兵がもっとも嫌う構造の店である。

「俺たちは、一緒に飯を食おうか」

ワットが窓際の席に座り、浩志に手招きをした。

「私も付き合いますよ」

柊真がワットの向かいの席に腰を下ろす。二人ともよく分かっている。

「そうするか」

頷いた浩志は席の上の電球を外し、窓を背にした席ではなく反対側の席に座った。テーブルは暗くなったが、外がよく見えるようになる。三人で店の外を見張りながら食事をするのだ。仲間には少しでもリラックスできる状態で休息させたい。リーダーなら当然のことである。

ペロン・トンボン姿のウェイターが二人いるが、各テーブルから大量の注文を受けてあたふたしている。辰也が言ったように食材がなくなる可能性もあるだろう。

「うん？」

浩志は右眉を上げた。通りの反対側が一瞬明るくなったのだ。男がライターで煙草に火を点けた。路上での喫煙は珍しいことではないが、男がスラブ系のアクの強い顔をしていたことが気になった。ペロン・トンボンにベストとありふれた格好をしているが、アフガン人ではない。

大勢の男が乗った二台のワンボックスカーが、店の前に停まった。しかも、助手席の男が周囲を窺っている。同時にさきほどのスラブ系の男が消えた。

「むっ！」

右眉を吊り上げた浩志は指笛を鳴らし、ズボンに差し込んでいたグロック17を抜いた。それを合図に仲間は全員銃を抜き、身構える。グロック17を誰しも携帯していた。

柊真はセルジオら仲間三人にハンドシグナルで、店の奥を示す。浩志が振り返って加藤に頷くと、村瀬と鮫沼を伴ってフロアから消えた。

ワンボックスカーから十人の男が降りてきた。男たちは周囲を窺いながら通りを渡ってくる。妙な歩き方をしているのは、銃を隠し持っているためだろう。

最後に車から降りた十一人目の男が車の傍で跪くと、おもむろに対戦車ロケット弾RPG7を担いだ。

「RPG！」

叫んだ浩志は、窓越しにその男の頭を撃った。男が仰け反って倒れるとロケット弾が発射され、あらぬ方角に飛んで爆発する。驚いた男たちが、一斉に隠し持っていたAK47を銃撃してきた。

窓際の浩志とワットと柊真が即応し、三人を倒す。

辰也と瀬川が、出入口のドアから銃撃する。

宮坂と田中が、浩志らと反対側の窓から発砲した。新たに三人の敵を倒す。

男たちは猛反撃を喰らい、慌てて車の陰に隠れた。

凄まじい銃撃音。

「クリア！」

「クリア！」

セルジオと加藤の声がした。彼らは店の裏口から外に出て、敵の側面を攻撃したのだ。

「片付きました」

出入口から入ってきた加藤が報告した。セルジオらは何気ない顔で席に戻り、村瀬と鮫沼は厨房から持ち出した箒で床に散ったガラス片を掃除し始めた。

「俺たちも注文しようぜ」

ワットが指を鳴らし、ウェイターを呼んだ。恐る恐る出てきたウェイターが、外の様子を横目で見ながら注文を取り始める。タリバンに制圧された街に警察はいないので、誰も通報しない。死体は、朝になれば住民かタリバン兵が片付けるだろう。

「私は、カブーリープラオとチャプリカバブをお願いします」

柊真がメニューも見ないで、アフガニスタンのピラフであるカブーリープラオとメンチカツのようなチャプリカバブを注文した。

「俺も同じ物。それにアシュも頼む」

ワットは、さらに麺料理であるアシュを追加した。他のテーブルの仲間も銃を仕舞って普段の状態に戻っている。メインロードに転がる死体を気にする者はいないのだ。

「俺はカバブに平パンをくれ」

浩志は鉄串料理とアフガンパンを頼み、笑みを浮かべた。

2

午後九時五十分。

〝トゥームスタン・ホテル〟の一階には、ソファーとテーブルと椅子が並べられた小さなラウンジがある。フロントの照明は消えており、従業員はいない。小さなホテルなので、午後八時以降の対応はないらしい。

浩志とターリクは、テーブルを挟んで対面に座っている。ターリクらタリバンの民兵が食事から帰ってきたので、打ち合わせのためにラウンジに引き止めたのだ。

「俺たちが襲われることが、分かっていたのか？」

浩志はターリクを見据えた。浩志らがレストランに入った直後に、武装兵に襲撃されたのが偶然であるはずはない。誰かが浩志らの素性と居場所を教えたからだろう。

カブールレストラン前の死体は、地元のタリバン民兵が浩志らの食事中に片付けた。街を制圧したというだけあって、それなりに対処しているようだ。

「そんな馬鹿なことはあり得ないだろう。君らを殺すつもりなら、カブールでいくらでもチャンスはあった」

ターリクは激しく首を振った。この男とは何度も話し合っているので、それなりに分かっているつもりだ。信頼できると思ったからこそ、一緒に行動している。だが、それでも確かめずにはいられない。

「俺たちを襲ったのは、タリバン兵じゃないのか?」

浩志は腕を組んで尋ねた。民兵の武器と服装だけでは、どの組織に属するのか区別はつかないのだ。

「死体は、地元のタリバン兵に確認させた。そのうちの二人は、二年前までTTPに所属していた男たちだそうだ。だからと言ってTTPだとは断定できない。ISIS-Kの拠点に近いから、彼らの仕業かもしれない。アフガンのタリバンでないことは確かだ」

ターリクも腕組みをして考え込んだ。TTPはパキスタンの組織なので、同一視しないで欲しいと言いたいのだろう。

「タリバン以外の武装組織に、俺たちがここに来ることを誰が密告したと言うのだ?」

浩志は険しい表情になった。

「少なくとも私の部下ではない。それに313大隊の八名も、私が選んだ元部下だ。裏切るような者はいない。そんなことをすれば、私に処刑されることを彼らは知っている」

ターリクは浩志の考えに気付きながら、あえて核心から逸らして答えたようだ。

「ハッカーニ・ネットワークは、ISISやISIS-Kとも繋がっていたと聞く。まだ、繋がっているんじゃないのか?　おまえも313大隊に所属していたのなら分かってているはずだ」

　浩志は語気を強めた。

「言いたいことは分かっている。だがハッカーニ・ネットワークと言っても、私のような下士官では上層部のことは分からないのだ」

　ターリクは俯いて首を振った。

「おまえは、ハッカーニ師が裏切ったと言いたくないだけなのだろう。だが、俺たちがISIS－K討伐の任を帯びたことを知っているのは、僅かな人間だけのはずだ」

　浩志はターリクの言葉を訝った。ハッカーニを庇っているからだ。

「ハッカーニ師が何を考えているか、正直言って分からない。対米国ということでは、手段を選ばない方だ。カブール制圧でも知らぬ間に中国から支援を受けていたほどだ」

　ターリクは浩志の言葉を渋々認めたらしい。

「やはり、中国とも関係していたか。ハッカーニ師は、米国憎しで敵の敵をすべて味方にするつもりらしいな」

　浩志は鼻先で笑った。

　二〇二一年一月、カブールで武装した中国人の集団が、治安維持軍によって逮捕されている。彼らは中華人民共和国国家安全部の工作員だということが判明した。工作員らはハッカーニ・ネットワークと接触するためにカブールに潜入していたのだ。

だが、接触だけが目的なら米軍も警戒しているカブールにわざわざ潜入する必要はない。中国がカブールを制圧するための情報収集をタリバンに代わってしていたのではないかと疑われても仕方がないだろう。

「タリバンはアフガン全土を制圧したが、中央執行部の座を狙って幹部は不協和音なのだ。穏健派のバラダル師が米国と交渉し、米軍の撤退を約束させることに成功した。その約束を破って全土を制圧したのは、ハッカーニ・ネットワークだ。どちらも功績がある。だが、ISIS－Kの恨みを買うことになったタリバンの元凶はバラダル師だと、ハッカーニ師は恨んでいる」

ターリクは声を潜めて言った。

「上層部のことはよく知らなかったんじゃないのか？」

浩志は苦笑した。タリバンは、一枚岩じゃないらしい。

「私はハッカーニ・ネットワークに属しながら、穏健派と通じていた。だから中央の情報に詳しい。それがバレてハッカーニ師の不興を買ったのだ」

ターリクは自嘲気味に笑った。

「目を付けられたというわけか」

浩志は頷いて話を促した。

「実は、新政権の首相を誰にするのかが問題になっていた。文民のバラダル師にするか軍事のハッカーニ師にするかだ。だが、ハッカーニ師をトップにつければ、二十年前の轍を踏むことになる。そこで、最高指導者であるアクンザダ師は、バラダル師を首相にしたいと思っている。だが、それではタリバンは分裂してしまう。おそらく政権トップは、アフンド師になるだろう。あの方は、実績もあり中立的立場なのだ」

ハイバトゥラ・アクンザダ師は精神的指導者となることで、権威を維持したいのだろう。首相になれば、失政した際の責任を問われる。精神的指導者なら、最高権力者としての地位は死ぬまで譲らなくて済むからだ。

「アフンド師か。確かに人望はありそうだな」

浩志はにやりとした。ハッサン・アフンド師は、タリバン創設者である故ムハンマド・オマル師の側近だった男で、前タリバン政権では大臣の経験もある。ハッカーニ師も逆らえないだろう。

「バラダル師は副首相になるはずだ。ハリル・ハッカーニ師は中央執行部から外されるだろう。なぜならアクンザダ師はハリル・ハッカーニ師を警戒しているからだ。ハッカーニ・ネットワークはタリバンの軍事部門ではあるが、急進的なため人民だけでなくタリバン内部でも恨みを買っている。ハリル・ハッカーニ師の序列を高めることは、タリバン自身の信用を失うことになるだろう」

ターリクは小声で続けた。タリバン幹部だけが知り得る極秘情報らしい。これだけの情報を得ているということは、ターリクはかなりの大物と繋がっているのだろう。

「ハッカーニを要職に就けないだと？　ハリル・ハッカーニはハッカーニ・ネットワークのトップじゃないのか？」

浩志は首を捻った。ターリクが「ハリル」をつけてハリル・ハッカーニ師と呼び出したことが気になる。

「ハリル・ハッカーニ師は、軍部の実質的なトップになると思うが、国防大臣は故オマル師のご子息のヤクーブ師が就くだろう。また、ハッカーニ・ネットワークの創始者のご子息であるシラージュッディン・ハッカーニ師は、内相に起用されると聞いている」

ターリクは溜息を吐いた。彼がわざわざハリル・ハッカーニと呼んだ理由がこれで分かった。ハッカーニ・ネットワークの実力者であっても、血筋には敵わないらしい。

「タリバンも能力よりも血筋ということか」

浩志は鼻先で笑った。

「まあ、そんなところだ。ハリル・ハッカーニ師でも直系には文句を言えない。そこが付け目なのだ」

ターリクは苦笑で答えた。

「要職に就けないハリル・ハッカーニは、面白くないはずだ。何か企んでいる。今回の任務は裏がありそうだな」

浩志は小さく頷き、ターリクをチラリと見た。

「かもしれない。あの男は、我々を貶(おとし)めるために任務を与えたのかもしれないな。レストランで襲われたのは、私と部下だった可能性もある」

ターリクは浩志に同意した。

「面白くなりそうだな」

浩志はにやりとした。

3

八月二十八日、午前五時。

八台の車列が夜が明けきらぬジャララバード－コナール・ロードを北に向かっていた。先頭のターリクの車の後ろに地元のタリバン兵のテクニカルが加わっている。

昨夜、浩志はターリクとの打ち合わせで様々な情報を得た。

ＩＳＩＳ－Ｋの本拠地は、クナール州の山間部からパキスタンの国境周辺に点在している村にあるらしい。イスラム武装勢力は決して大きな基地を作らないことで、米国の軍事衛星の監視から逃れようとしている。また、民兵を貧しい村に分散させることで、米軍の無人攻撃機からの攻撃リスクを減らしているのだ。

浩志らはナンガルハル州の北部にあるバンバコットという村に向かっていた。バンバコットの村人は、大都市であるジャララバードで商売をするらしい。そのため、ジャララバードでアンテナを張り巡らしているタリバンは、村の情報を得ているのだ。

地元のタリバン兵の車に、バンバコットの村人も乗せている。彼らの案内で、ISIS－Kのアジトの一つを急襲する。他にもアジトはあるが、一週間ほど前からバンバコットのアジトの動きが一番活発らしい。

「正直言って、アジトの案内人までいるなんて至れり尽くせりですね」

ハンドルを握る加藤は言った。

後部座席には辰也、瀬川、村瀬の三人が窮屈そうに座っている。後続のワットらの車も同じだ。

コナール川に沿って上流のパキスタン国境に近いコナールまでジャララバード－コナール・ロードは延びている。川沿いは長閑(のどか)な田園地帯が続く。荷台に見張りを乗せて警戒に当たりたいが、田園地帯は見通しもいいので狙撃の的になるのだ。夜明け前の薄闇(うすやみ)だが、車列は的になりやすい。

「紛争地に限らず、楽な闘いをしたことなんてあるか？」

助手席の浩志は、周囲を窺いながら尋ねた。作戦の最終目的は、カブールの自爆テロを計画したISIS－Kの首謀者を殺害することである。だが、作戦を遂行するにあたって、これまで敵としていたタリバンの協力を得ていた。敵の敵は味方というわけだが、違和感を覚えずにはいられない。

「いえ、ありません。やはり、気持ちが悪いですよね」

加藤はへの字口で首を振った。

「こちらリベンジャーだ。全員に告ぐ。油断するな」

浩志は仲間に無線連絡をした。油断している者は誰もいないだろう。だが、改めて確認しなければ気が済まない。胸騒ぎがするのは、昨夜襲われる直前に見たスラブ系の男の顔が、頭から離れないためだ。狡猾で一癖も二癖もある顔をしていた。煙草の火が見えないように掌で覆い隠して吸っていたのは、野戦の経験がある軍人、あるいは元軍人だろう。

舗装された道から外れた。山間部に入って行くのだ。

八台の車列は、猛烈な砂煙を上げて進む。バンバコットまでは、谷に沿った道になる。左手は斜面で、右手は田園が広がっていた。谷といっても反対側の山の斜面までは一キロ以上ある。だが、北に向かって進むほど谷は狭くなっていく。

やがて痩せ細った川も見えなくなった。コナール川から八キロほど谷の奥へと進み、水の恵みもなくなり、この辺りは岩肌が見える荒地が続く。バンバコットの村までは四、五キロである。

閃光。

二台前のテクニカルが吹き飛び、荒地に転がった。浩志らの前の車が急停車した。驚いた運転手が、ブレーキを踏んだのだろう。

「RPG！　止まるな！」

浩志は叫んだ。RPG7は、左手の斜面の岩場から撃たれた。

「はい！」

加藤が前の車を避けてハンドルを右に切り、荒地に入った。後続のワットらも従う。

停止した車が火を噴いて飛んだ。

二発目のロケット弾が命中したのだ。三発目のロケット弾は、柊真らの車を掠め、荒地で爆発した。

車列は乱れたが、六台の車はRPG7の射程から逃れた。

車体が無数の火花を噴いた。ターリクの車と二台目のテクニカルが大きく蛇行し、左の斜面の岩にぶつかって停止した。

今度は右手の斜面からの銃撃だ。RPG7で取り逃した車を銃の掃射で片付けるつもりらしい。殲滅地帯に入ったのだ。

「加藤、ターリクの前に車を停めろ」

浩志は命じると、振り返った。ワットと柊真の車も続いている。だが、最後尾の車は炎に包まれていた。銃弾がガソリンを入れた携行缶に命中したのだろう。

浩志らの乗ったハイラックスがターリクの車の前に停められると、ワットの車が地元のタリバン兵の車の前に停車した。柊真らのダットサントラックは、ワットの車の陰に入り込んだ。ハイラックスはドアの内側に鉄板が貼られて強化してある。防弾壁になるのだ。

リベンジャーズらは車を降りると、Ｍ４で応戦した。

襲撃者は百五十メートル先の斜面にある岩の陰に隠れている。こちらからは狙いにくい場所だ。敵兵は、十数名というところだろう。また、ロケット弾で襲撃してきた連中は、六名から十名はいる。ロケット弾が矢継ぎ早に撃たれたことから、ＲＰＧ７は三丁使われたようだ。二人一組なら六名、ＲＰＧ７の射手を守る兵士がいるとすれば十名前後だろう。彼らがやって来れば、厄介なことになる。

浩志は銃撃されたテクニカルのドアを開け、気を失っているターリクを引き摺り出した。頭から血を流しているが、岩に激突した際に頭部を打って脳震盪を起こしているだけらしい。運転手は銃撃されて死亡している。後部ドアを開けて、後部座席の二人の男たちを引っ張り出した。一人は肩を負傷しているが、もう一人は無傷である。

左前輪が溝にはまっているため、テクニカルは大きく傾いている。荷台のＤＳｈＫ38重機関銃は使えない。

「後方の敵に対処します」

柊真が声を上げた。

「了解。援護する。ケルベロスを援護！」

浩志の号令で、一斉射撃になる。柊真らは背後の斜面を上っていく。横に移動すれば、狙い撃ちにされるのだ。

「俺たちも行きます」

宮坂とマリアノの二人が背後にいる。二人ともリベンジャーズで一、二を争う狙撃の名手だ。だが、彼らでも車の陰から斜面の上の敵を狙うのは容易ではない。

宮坂とマリアノが、柊真らに続く。

「頼んだ」

振り向きもせずに返事をした浩志は銃撃を続けながら舌打ちをした。味方の銃撃でなんとか四人倒したが、岩陰の敵を倒すには車の位置が悪すぎる。

――こちら針の穴。ヤンキースも位置につきました。こちらから狙えるのは左側の六人です。

宮坂からの無線連絡だ。三十メートルほど坂を上ったところにある岩棚に、彼らはいるのだろう。敵よりも高い位置だが、すべてを倒すことはできないらしい。宮坂らが六人倒せば、残りは数人だろう。

「撃て」

浩志の号令で、宮坂とマリアノが次々と狙撃した。

——こちら針の穴。クリア。

二十秒とかからず、宮坂らは六人の男を倒した。

「辰也、ついてこい。あとの者は援護」

浩志は車の陰から辰也と飛び出し、左側から迂回しながら斜面を上った。

敵は田中らの銃撃で岩陰に身を隠す。その隙に浩志と辰也は猛然と斜面を上り、敵の上方に達した。

浩志は辰也にハンドシグナルで奥の敵を指差す。辰也は頷き、右手方向に進む。四人の敵の姿が見える。浩志の発砲が合図となり、辰也も銃撃した。

辰也が「クリア」と親指を立てる。

後方の銃撃音も止んだ。

——こちらバルムンク。クリア。

柊真の報告だが、声に余裕がある。

「こっちも片付いた」

簡単に答えた浩志は、M４を肩に斜面を下りた。

4

午前六時四十分。

バンバコットは、山の斜面に段々畑が続き、民家も肩を寄せ合うように斜面に並んでいる。日本人ならどこか懐かしさを覚える村である。

浩志は丘に上り、双眼鏡で村を見下ろした。バンバコットは幅が七百メートルほどの谷にある土地だが、南北に約六キロも続いている。いくつもの集落が畑の中にちりばめられていた。浩志が立つ丘は、バンバコットの南端から一キロほど北北東に進んだ位置にある。

「どこがアジトなんだ？」

浩志は双眼鏡を覗いたまま、傍で佇むターリクに尋ねた。頭に巻いたターバンに血が滲んでいる。脳震盪を起こして一時間ほど気絶していたが、大事にはいたらなかったようだ。

武装集団の襲撃で、タリバン兵側はターリクと彼の二人の部下、それに地元のタリバン兵が二人残った。案内人の村人と第３１３大隊のタリバン兵は死んだ。

浩志はターリクに一度カブールに戻って立て直すことを進言したが、彼はそれを頑なに拒んだ。部下を失い、その上任務も放棄したことになれば、死刑は免れないからだ。カブールに帰れる条件は、あくまでも任務完了のみらしい。

「案内人は、村の外れだと言っていた。だが、それが北の外れなのか、西の外れなのか、詳しくは聞いていない。現地で直接案内させるつもりだったからだ」

ターリクは答えると、溜息を吐いた。ＩＳＩＳ－Ｋが村人と一緒に暮らしているのは、村人を人間の盾とするからだ。外見からは村人と判断がつかない。家に踏み込み、武器弾薬を見つけて初めて分かるのだ。

「それじゃ、聞き込みをするか」

浩志はターリクを見て言った。

「聞き込み？　……分かった」

ターリクは首を捻りながらも頷いた。検察隊長といっても、軍人上がりである。警察官がするような地道な聞き込みなどの経験はないはずだ。

浩志とターリクは、仲間が待つバンバコットの南端にある空き地に下りた。一台のテクニカルと二台のハイラックス、それにダットサントラックが停めてある。二度の襲撃で三台のテクニカルと補給部隊のハイラックスは、使い物にならなくなった。

浩志はターリクと組み、彼の二人の部下にはそれぞれ柊真と辰也を付けた。聞き込みは三組だけでする。大勢で聞き込みをすれば、目立つ。ＩＳＩＳ－Ｋと内通している村人に、怪しまれるのは避けたい。警察式のローラー作戦はこの地ではできないのだ。

「話はターリクの部下にさせろ。おまえたちは村民の挙動を観察するんだ。得意だろう?」

浩志は柊真と辰也の顔を見て笑った。

「会話はタリバン兵に任せますが、手ぐらい出してもいいでしょう?」

辰也が腕組みをして聞き返した。暴力はいいかと聞いているのだ。

「相手は村民ということを忘れるなよ」

良いとも悪いとも答えなかった。手加減しろということだ。

浩志とターリクは、まずは南端にある村の一番大きな家の前にハイラックスを停めた。一目で村長の家だと分かる建物だ。村の近くには瀬川らの乗るハイラックスとテクニカルが待機している。聞き込み先がISIS-Kのアジトだった場合、すぐに駆けつけるためだ。また、辰也と柊真のチームは、徒歩で村民に聞き込みをする。

「どっ、どうされましたか?」

家の中から年配の男が飛び出してきた。

ハイラックスのドアはすべて鉄板で強化されているが、外側のボディーは無数の銃弾で穴だらけである。また、荷台にはターリクの部下の死体が載せてあった。

「我々はこの村に来る途中で武装集団に襲われ、命からがら逃げてきました。少し休ませてください」

ターリクは年配の男に言った。

「それは大変な目に遭いましたね。私の粗末な家でよろしければ、どうぞ気兼ねなくお休みください」

年配の男は家に浩志らを招き入れた。出入口に近い部屋で、床の上にアフガン絨毯(じゅうたん)が敷かれている。ひんやりとして気持ちがいい部屋だ。

「この村は、関係なさそうだな」

ふっと息を吐いた浩志は、絨毯に腰を下ろした。

「どうして分かる?」

ターリクは胡座(あぐら)をかいて首を傾(かし)げた。

「あの村長に毒はない。武装集団と聞いてかなり怯(おび)えた顔をしていたが、後ろめたさは感じなかった」

浩志はズボンに差し込んであるグロック17の位置を直しながら答えた。村長は敵ではないと思うが、いつでも銃は抜けるようにしておくのだ。

「お茶で喉(のど)を潤してください」

先ほどの年配の男がトレーを手にした若い男と現れた。よく似た顔をしているので息子なのだろう。アフガニスタンでは来訪者が男性なら、訪問先で女性を見ることはない。妻や娘は、客に顔を見せてはいけないからだ。

若い男は、トレーを浩志とターリクの前に置くと、挨拶（あいさつ）もせずに出ていった。人見知りというより、警戒しているのだろう。トレーにはグラスに入れられたチャイと皿に盛られたナツメグとホワイトマルベリー（桑の実）が載せられていた。

「お怪我（けが）されているようなので、横になられても構いませんよ」

年配の男が、ターリクを見て心配げに言った。

「ご心配はいりません。お茶をいただいたら、帰ります」

ターリクは軽く頭を下げ、チャイのグラスを手にした。

「バンバコットにはいくつか集落があるようですが、接触しない方がいい集落とか評判が悪い集落とかありますか？」

浩志はチャイを飲みながら尋ねた。

「えっ？　どうしてそんなことを聞かれるのですか？」

年配の男は聞き返した。

「我々はジャララバードでアフガン絨毯の工場を営（いとな）んでいます。しかしながら、タリバンに制圧された際に、民兵に何人か職人を殺されてしまいました。そのため、バンバコットに絨毯職人がいると聞いてスカウトに来たのです」

浩志は顔色も変えずに答えた。

「なるほど、そうでしたか。残念ながら、絨毯職人は私の集落にはいません。他の集落を訪ねられた方がいいですね。ただし、西の端のカシムの集落には行かない方がいいでしょう。ＴＴＰと関係しているという噂(うわさ)が昔からありますので。人相の悪い男たちが出入りしているのを私も見たことがあります」

年配の男は、声を落として言った。村の部外者にはあまり話したくないのだろう。

「カシムの集落ですか。そこだけは行かないようにしましょう」

ターリクは話を合わせると、浩志を見てにこりと笑った。

「そこに行っちゃあ、駄目だな」

浩志は小さく頷いた。

5

午前九時十分。

浩志らは、バンバコットの西の端にあるカシムの集落を監視していた。

二時間ほど、手分けして集落の外から様子を窺っている。下手(へた)に足を踏み入れて逃げられても困るが、敵の戦力も知らずに闘うのは愚(おろ)かなことだ。

カシムの集落は、畑に囲まれた日干し煉瓦(れんが)の塀の家が僅か八戸あるだけだ。だが、そのうちの一つが長のカシムの屋敷で、一辺が三十五メートル以上あり、他の集落と比べても敷地は広い。

浩志はカシムの屋敷が見下ろせる西の山の峰に立っていた。

柊真と辰也には引き続き、別の集落で聞き込みをさせている。二人も、さきほどの集落の住民からカシムの集落が怪しいと聞いている。普通よそ者には地域のことは話さないものだが、カシムはよほど嫌われているようだ。

——こちらモッキンバード。リベンジャー、応答せよ。

友恵が無線で呼び掛けてきた。彼女には、この辺りの監視ができる偵察衛星のハッキングを頼んでいた。

「こちらリベンジャー。どうぞ」

浩志は無線に答えた。

——米露の衛星が使えませんでした。そのため、仕方なく英国の旧型偵察衛星をハッキングしました。

一テンポ遅れて返事が返ってきた。この集落に入る際、偵察衛星の監視を友恵に頼んでいたのだが、主要国の衛星は使用できなかった。アフガニスタンがタリバンの支配下になったため、各国とも偵察衛星を集中的に使っているのだろう。

「カシムの集落を赤外線センサーで調べたか？」

浩志は傍の岩の上に腰を下ろした。集落を見下ろす位置にいるが、建物の中まで見通すことはできない。浩志とターリクは二時間以上見張っているが、井戸水を汲むために外に出てきた男を二人見ただけである。

――衛星画像を送ります。解像度は悪いですが、およその人数は把握できます。

友恵の溜息が聞こえた。旧型を使用することに納得していないのだろう。

「ありがとう」

通話を終えた浩志は、スマートフォンを出した。友恵から送られてきた画像を見ると、カシムの集落の画像にオレンジの点がいくつもある。赤外線センサーで検知された人影だ。また、通常の衛星画像も送られてきたので、赤外線画像と見比べると状況がよく分かる。

「見てみろ」

浩志は立ち上がると、ターリクに画像を見せた。

「こっ、これは偵察衛星の画像か？」

ターリクは両眼を見開き、画像と浩志を交互に見た。彼らは近代兵器とは無縁の闘いをしてきたのだ。驚くのも無理はない。

「これは赤外線センサーで撮影された画像だ。オレンジの点は、人だ。中心にあるのが、カシムの屋敷だ」

浩志は頭を掻きながらスマートフォンを渡した。

「なるほど、なるほど。建物の中にいる人を検知しているのか。この技術で米軍は攻撃していたんだな。確かにカシムの屋敷が怪しい。大家族だったとしても、母屋と納屋に三十人近くも人がいるのは臭うな。急襲するか」

ターリクは浩志のスマートフォンを手に唸った。母屋に二十人ほど、納屋にも十人近くの人間が潜んでいるようだ。

「仲間が他の集落でも聞き込みをしている。それを聞いてからでもいいだろう」

浩志は焦る必要はないと思っている。米軍なら、偵察衛星の画像だけでも軍事作戦は遂行するだろう。だが、踏み込んでからただの民家だったでは済まされない。

――こちらバルムンク。リベンジャー、応答願います。

三十分ほどして、柊真から無線連絡があった。

「リベンジャーだ」

――北の端にある集落の聞き込みを終えました。やはり、カシムの集落が怪しいですね。

「了解。全員集合だ」

浩志は山の峰を下り、村瀬と鮫沼をカシムの屋敷の見張りに残し、仲間を西の荒地に集めた。

「母屋は、リベンジャーズのAとBチーム。納屋はケルベロスに任せる。抵抗する者は撃て。ターリクと部下は、母屋を調べろ」

浩志はチーム分けをした。ターリクら三人は怪我人で使い物にならない。彼らにはテロの情報収集をさせるのだ。

——こちらモッキンバード。リベンジャー、応答願います。

友恵からの無線が入った。

「どうした？」

浩志は右眉を上げた。友恵の声が心なしか強張っているのだ。

——最新の衛星写真を見てください。カシムの屋敷にカラクリがあるようです。

無線を聞きながら、浩志はスマートフォンを出して画像を見た。

「母屋の人数が減っている。どういうことだ？」

浩志は首を傾げた。母屋の人数が半分ほどになっているのだ。

——赤外線センサーでも探知できない地下室か地下道があるのかもしれません。

「引き続き、監視を頼む」

通話を終えた浩志は腕組みをし、衛星写真を改めて見た。

「カシムの屋敷に地下室か地下通路があるかもしれない。友恵からの情報だ」

浩志は呟くように言った。もし、地下道があった場合は、カシムの屋敷を襲撃しても逃げられる可能性があるのだ。

「周辺の家や空井戸(から)などに出入口がないか調べないといけないな」

ワットも自分のスマートフォンを見て言った。友恵からのデータは情報共有のため、仲間全員に送られている。

「こちらリベンジャー。ハリケーン、ハリケーン、応答せよ」

浩志は村瀬を呼び出した。

——こちらハリケーン。どうぞ。

「屋敷に動きはあったか?」

——人の出入りはありません。

「サメ雄(お)。そっちは、どうだ?」

——異常ありません。

鮫沼にも尋ねたが、カシムの屋敷に出入りはないらしい。

「待てよ」

浩志は最新の映像と四十分ほど前の映像と見比べた。

「北にある家に人が増えている」

二十メートルほど北にある家を拡大すると、前回の映像では一人だったのが、八人に増えているのだ。

「地下道がこの家に通じているようだな」

ワットも確認したらしい。

「同時に三ヶ所を襲撃する。村瀬と鮫沼は、見張り、北の家は、Aチーム、俺と辰也と加藤と瀬川。カシムの屋敷の母屋はBチーム、ワット、マリアノ、宮坂、田中。納屋はCチーム、ケルベロス」

浩志は急遽編成を変えた。

6

午前九時五十分。

浩志らAチームは、カシムの屋敷の二十メートル北に位置する家の前に立った。

カシムの屋敷は三十五メートル四方の日干し煉瓦の塀に囲まれており、母屋は北西の角にある。納屋は西南の角にあり、井戸が敷地の中央にあった。

「こちらリベンジャー。位置についた」

浩志は仲間に無線で連絡をした。

――こちらピッカリ。位置についた。

ワットのチームは、カシムの屋敷の正門にいる。

——こちらバルムンク。準備はできました。

柊真たちケルベロスは納屋に近い塀の外にいる。

「突入！」

浩志は号令を掛けると、M４を構えて北の家の敷地内に入った。辰也と加藤と瀬川が続く。

銃撃！

家のドアの隙間から肩を撃たれた。

「下がれ！」

叫んだ浩志は、銃撃しながら横に飛んだ。

辰也らが塀の外から応戦した。カシムの屋敷からも銃撃音が聞こえる。気付かなかったが、家の中から監視されていたらしい。

浩志はドア越しに敵に銃弾を浴びせると、一気に家の前に駆け寄った。

ドアの隙間からAK47の銃口が覗いた。

M４を手放した浩志はAK47の銃口を掴んで民兵を引き摺り出すと、グロックで男の腹部を二発撃った。

浩志がドアを開けると、敷地内に駆け込んだ辰也と瀬川が家の中に飛び込んだ。

「大丈夫ですか！」

加藤がすぐ後ろで言った。浩志が肩を撃たれたのを気遣っているのだろう。銃弾が掠めただけである。

「行くぞ」

浩志は加藤の肩を叩き、家に踏み込んだ。

「クリア！」

辰也が叫んだ。

「クリア！」

奥の部屋から瀬川が出てきた。

——こちらピッカリ、クリア！　敵九名射殺。三人を捕虜にした。これより、地下トンネルを探す。

ワットのチームも掃討したらしい。ターリクらも踏み込んで家捜しを始めただろう。

——こちらバルムンク。クリア！　これより、母屋に行きます。

少し遅れて柊真からも連絡が入った。納屋は出入口が一つしかないので手こずったようだ。

浩志は辰也らと家の中を調べ始める。イスラム武装集団は、意外にＳＮＳを介して世界に通じている。倒した男たちからスマートフォンは取り上げた。パソコンもどこかに隠しているのかもしれない。

——メーデー、メーデー、メーデー。リーパー、リーパー。逃げて！

友恵の叫び声が無線を通じて響いた。

リーパーは、米国のジェネラル・アトミックス・エアロノーティカル・システムズの無人攻撃機ＭＱ－９の通称である。友恵は偵察衛星で見つけたのだろう。

「リーパー、飛来。どこかに隠れろ！　繰り返す、安全な場所に隠れろ！」

浩志は無線で仲間に命令した。

「藤堂さん！　見つけました。こっちです」

辰也が叫んだ。

「おお！」

浩志は呼応し、走った。

轟音。

建物が揺れた。

リーパーに爆撃されたのだ。

「大丈夫ですか！」

辰也が体を揺り動かした。

「うん？」

浩志は首をゆっくりと振った。一瞬気を失っていたらしい。辰也と瀬川と加藤の三人が心配そうに見ている。爆発の寸前に奥の部屋にあった穴に飛び込んだのだが、頭を打ったようだ。

「地下道の穴があって助かりました」

辰也が笑ってみせた。

浩志は慌てて無線で仲間を呼び出した。

「むっ！　ピッカリ、バルムンク！　状況を報告せよ」

——全員、地下道に逃げ込んで無事だ。だが、建物は吹き飛んだらしい。上空にまだリーパーがいる。五分後に地上で会おう。

ワットの声は明るい。怪我はしていないらしい。リーパーは上空を旋回し、爆撃後の状況を確認しているはずだ。今、のこのこと顔を出せば、武装集団と間違われて再び爆撃されてしまう。

——こちらバルムンク。全員無事です。

柊真の落ち着いた声が返ってきた。

五分後、浩志らは北側の家を出た。爆撃を受けたのは、カシムの屋敷の母屋であった。リーパーを運用したのは、むろん米軍だろう。彼らもカシムが武装集団に関係していたという情報を得ていたに違いない。

二十七日夜、バイデン大統領は、カブールの自爆テロによる攻撃を忘れず、責任者を追い込んで「代償を払わせる」と演説した。ワシントンD.C.とアフガニスタンの九時間半の時差を考えれば、バイデンは演説の直後に攻撃命令を下したのかもしれない。

カシムの屋敷の母屋は爆撃で倒壊し、瓦礫と民兵の死体が散乱している。ワットらリベンジャーズの仲間は、地下道に逃げ込んで助かったが、ターリクと彼の部下、それに捕虜にした三人の男は爆撃で死亡した。

ケルベロスは、柊真の判断で納屋に留まって助かっている。納屋は爆撃の対象ではないと、柊真が咄嗟に判断したからだ。また、地元のタリバン兵は、作戦に参加させなかったため、無事だった。

「酷いもんだ。まさか米国人の俺が、米軍の無人機に攻撃されるとは思ってもいなかったぜ」

ワットは血止めのためにアフガンストールを頭に巻きながら文句を言った。彼も地下道に隠れる際に天井に頭をぶつけたそうだ。

「しかも大統領に手柄をやって、笑い話にもならないな」

辰也がワットを見て笑っている。無人機が攻撃する前に、カシムの屋敷に潜んでいた武装集団は、リベンジャーズとケルベロスが掃討した。だが、バイデン大統領は、間違いなく米国の作戦行動が成功したと発表するだろう。

「ここだったか」

カシムの屋敷を調べていた浩志は、庭の片隅でターリクの死体を見つけた。逃げろと言われて家の外に飛び出したが、間に合わなかったようだ。爆風で吹き飛ばされたのだろう。

「作戦は終了しましたが、すっきりしませんね」

傍に柊真が立っていた。敵が武装勢力だったことは確かだが、自爆テロと関係していたかどうかまでは分からなかった。まして、これで一色の弔いができたとも思えない。

「そうだな。だが、ミッションはまだ残っている」

ターリクに黙禱した浩志は、仲間に告げた。

「ミッション？」

辰也が怪訝そうな顔をしている。

「邦人救出だ」

浩志は静かに答えた。

7

午後三時十分。カブール。

テクニカルを先頭に、リベンジャーズが乗ったハイラックスが二台とケルベロスが乗ったダットサントラックの四台が、大統領府宮殿前に停められた。

荷台にはターリクをはじめとしたタリバン兵らの遺体が載せられている。

浩志はジャララバードから連れてきた二人のタリバン兵を伴い、正門ゲートの警備兵の前に立った。

「日本人のトウドウだ。ハッカーニ師に会いにきた。取り次いでくれ。それから車にタリバン兵の遺体を載せてある。そちらで丁重に扱ってくれ」

浩志は荷台を指差して言った。

「まっ、待ってくれ」

遺体と聞いて顔色を変えた警備兵は、慌てて警備ボックスの固定電話機で電話をかけ始めた。

五分後、浩志と二人のタリバン兵だけが、ボディチェックの上で入場を許された。

前回と違って、案内されたのは中庭の左側にある建物の一室である。大統領府の正門は東向きで、正面にアーチがある建物の奥に中庭がある。中庭を中心に建物が建てられており、浩志がいる場所は南側にあった。

先にジャララバードの二人のタリバン兵の入室が許可され、浩志は廊下で待たされた。

元宮殿の廊下らしく大理石の床に、中庭が見える大きな窓が並んでいる。日中は照明がいらないようだ。

五分後、浩志は彼らと入れ替わる形で部屋に入った。

前政権の大臣室だったのか天井が高く、豪奢な造りである。四十平米ほどの広さがあり、執務机もそれなりに立派だ。

「ターリクと部下は、死んだそうだな。おまえの口から説明してくれ」

ハッカーニは革張りの椅子にゆったりと掛け、浩志に顎で指示した。

「彼は任務を遂行した」

浩志は二度の襲撃を受け、バンバコットで米国の無人機による攻撃で死んだことを時系列に沿って説明した。ハッカーニは二人のタリバン兵に報告を聞いて、浩志の話と食い違いがないか確認しているのだろう。

「ＩＳＩＳ－Ｋのやつらを、米軍より先に殺したんだな」

ハッカーニは、満足げに言った。ターリクの死を悼んでいる様子はない。

「約束は守った。片倉を帰してもらおうか」

浩志は腕組みをして前に出た。ハッカーニの傍に立つ二人の警護の兵士が、ＡＫ47の銃口を向けてきた。

「いいだろう。だが、本人に確認してみろ、ここが気に入ったようだぞ」

ハッカーニは、右手を振った。右側の護衛が浩志をちらりと見て部屋を出た。

浩志は無言で護衛に付いていき、同じ棟の別の部屋に通された。

二十平米ほどの部屋にベッドと机が置かれており、啓吾は窓際の椅子に座って本を読んでいる。

「藤堂さん！」

顔を上げた啓吾は、立ち上がった。

「帰るぞ」

浩志は日本語で言った。護衛に気を遣うつもりはない。

「はい」

啓吾は嬉しそうに手提げ袋に本と書類を入れ、椅子に掛けていたジャケットを小脇に抱えた。荷物はそれだけらしい。

警護の民兵は銃を肩に担ぎ、前を歩く。浩志らをすでに警戒していないようだ。

「おまえはここが気に入ってるとハッカーニが言っていたぞ」

浩志は周囲を窺いながら言った。この棟はハッカーニ・ネットワークが管理しているらしく、警備の兵士はいずれもペロン・トンボンで、アサルトライフルもＡＫ47である。

「むっ！」

庭に目を向けた浩志は、思わず足を止めた。中庭の並木の陰に煙草を吸っているスーツ姿の男がいる。アクの強いスラブ系の顔をしており、昨夜、ジャララバードで襲撃される直前に見た男と酷似しているのだ。

「どうされましたか？」

啓吾は浩志の視線の先を見て首を捻った。

「あの男を知っているか？」

浩志はスラブ系の男を見つめながら尋ねた。

「初めて見る顔ですが、ロシア人でしょう。大統領府では中国人とロシア人をよく見かけますから」

啓吾は何の気なしに答えた。

「そういうことか」

浩志は険しい顔で頷いた。

「どういうことですか？」

啓吾は首を捻った。

「ISIS－Kとハッカーニ・ネットワークは、裏で繋がっているということだろう。それにロシアだ」

浩志は歩きながら説明した。

タリバンは武力でアフガニスタンを制圧した。だが、このまま武力で人民を抑え込むような政策をとれば、二十年前と同じことになる。そのため、穏健派のバラダル師を中心とした文民政権が誕生するだろう。だが、それでは、これまで血を流してきた武闘派のハッカーニ・ネットワークが、権力の座から遠ざけられるのは必定(ひつじょう)だ。それを防ぐには外敵が必要となる。

ＩＳＩＳ－Ｋの自爆テロにタリバンが武力で立ち向かうのなら、ハッカーニ・ネットワークは再び表の顔になる。欧米諸国も弱腰の旧アフガニスタン政府と違って、テロを抑え込むタリバンを認めざるを得なくなるだろう。

浩志はそこにロシアの諜報機関の匂(にお)いを感じた。ロシアはハッカーニ・ネットワークという軍事部門を支援することで、アフガニスタンでの地位を固めようとしているに違いない。シリアと同じ構図である。

「ロシアはテロにも関わっているのでしょうか？」

啓吾は日本語で会話しているにもかかわらず、小声で尋ねた。

「俺はあの自爆テロの爆発力を怪しんでいる。爆薬は手製ではなく、軍用のＣ４じゃなかったのか。入手先はロシアか中国だと睨(にら)んでいたが、おそらくロシアだろう。昨日、襲撃されたことも辻褄(つじつま)が合う」

「えっ！　襲撃されたんですか？　皆さんは大丈夫ですか？」

啓吾が声を上げ、警護の民兵が驚いて振り返った。

「誰も怪我はしていない。ターリクらを狙った可能性も考えたが、あれは俺たちを狙ったんだ。ＩＳＩＳ－Ｋ討伐に日本人はいらない。あくまでもタリバンの手柄にしなければならない。結果的にはリーパーが仕留めたことになったがな」

　浩志は苦笑した。ハッカーニはリベンジャーズとケルベロスに討伐の許可を与えたが、それは表向きのことである。地方都市で浩志らを始末したかったのだろう。襲撃される前にロシア人を見たのは、彼が手引きしていたからに違いない。

「お帰りなさい」

　正門ゲートを出ると仲間が笑顔で出迎えてくれた。

「空港に直行するぞ」

　浩志は仲間を二チームに分け、荷台に二人ずつ見張りを配置した。空港に着くまで安心できないからだ。

「柊真。ケルベロスはテクニカルに乗り換えて先頭を頼めるか」

　ダットサントラックの傍に立っていた柊真に告げた。ジャララバードの二人のタリバン兵はまだ大統領府にいるらしく、彼らのテクニカルは置かれたままになっている。拝借しても問題ないだろう。

「もちろんです」

　柊真は、仲間に車の入れ替えを指示すると、マットが運転席に、セルジオとフェルナンドが荷台に乗り込んだ。浩志の仲間への指示の意味が分かっていたのだ。

「出発！」

ハイラックスの助手席に乗り込んだ浩志は、ウィンドウから左手を上げた。

8

午後三時五十分。カブール。

大統領府宮殿前を出発した三台の車列は、カブール－ナンガルハル・ハイウェイを時速八十キロで疾走している。

途中のタリバンの検問をスピードも落とさずに通過した。先頭を走るテクニカルには、タリバン旗が掲(かか)げてあることもあるが、堂々と通ることが重要なのだ。

先頭のテクニカルが左折し、住宅街に入った。空港に向かうにはロシア・ロードを北上する必要がある。だが、カブール－ナンガルハル・ハイウェイとロシア・ロードの交差点はコンクリートの擁壁で左折できないようになっていた。信号機がないための方策と思われるが、カブール市内は不可解な交差点が多い。

数分後、住宅街を抜けてロシア・ロードに出た。浩志らはカブール国際空港の北ゲートを目指している。南の正面ゲートと東のアビーゲートは閉じられたままになっていた。北ゲートも同じだが、下水トンネルはまだ生きているそうだ。

ロシア・ロードは空港の東側を通り、北側のタジカン・ロードに繋がる。三台の車は北ゲートを過ぎたところで停まった。ゲートの前は退避を求めるアフガニスタン人で溢れていた。発着する輸送機の数も減っているが、それでも僅かな可能性に賭けているのだろう。

　浩志らは車を乗り捨て、Ｍ４を構えながら排水溝に入った。米軍ＯＢによる救出作戦〝パイナップル急行〟は終了しているので、見張りに立っている元軍人もいない。

「毎度のことながら鼻が曲がるぜ」

　案内役のワットが、文句を言いながら膝まで汚水に浸かって進む。浩志はしんがりに付き、後ろを警戒しながら歩いた。ここまで奇跡的に問題はなかった。だが、ハッカーニが、大統領府の中を見た浩志や啓吾の出国をすんなり認めるとは思えないのだ。

「くそっ！」

　先を行くワットが舌打ちをした。下水トンネルの空港側の出入口の柵が、南京錠で閉められているのだ。

「開いているんじゃなかったのか？」

　辰也が鍵を確かめて苦笑した。

「俺に任せろ」

　ワットがＭ４を構えた。

「止めろ。銃を使えば、出た途端、米兵に撃ち殺されるぞ」

辰也が慌ててワットの腕を摑んで止めた。

「どいてくれ」

浩志はピッキングツールを出し、鉄柵の間から手を出し、南京錠の鍵穴に差し込んだ。ものの数秒で南京錠を開けると、ワットが口笛を鳴らした。

「さあ、皆さん。空港に到着です。パスポートの用意をしてください」

ワットは陽気に言いながら下水トンネルを抜け、鉄製の梯子（はしご）を上っていく。仲間は順番に上り、最後に浩志が地上に出た。

「おっ」

浩志はM４を下に置いた。六人の米軍兵士がM４の銃口を向けて取り囲んでいるのだ。先に上がった仲間も武装解除されていた。

「俺はヘンリー・ワット中佐だ。日本人の民間人を救出してきた。確認してくれ」

ワットは笑みを浮かべながら言った。血止めとはいえ、頭にターバンを巻いている。まったく説得力がない。

「私も予備役だが、マリアノ・ウイリアムス、陸軍少佐だ。中佐の言っていることは本当だ。すぐに確認してくれ」

マリアノは両手を上げながら、指揮官らしき男の前で言った。指揮官といっても階級章は少尉である。マリアノが少佐と名乗ったため、敬礼をして無線機を使った。

「なんで俺の時は、すぐに反応しないんだ」

ワットは手を上げたまま首を振った。

数分後に、確認が取れたと少尉は浩志らを解放した。少尉はワットが本当に中佐だと知り、かなり驚いていたようだ。

「おまえが、信頼できる米軍中佐で助かったよ」

辰也がワットを皮肉った。

「うるさい。俺の実力を教えてやる」

ワットは離れた場所に行き、衛星携帯電話機で電話を始めた。

「みんな付いて来い」

通話を終えたワットは手招きをし、空港の西側に向かって歩き始めた。

一・三キロほど歩き、ワットは軍事エリアの一番西側にある格納庫の前で足を止めた。

「まさかとは思うが、ひょっとして、輸送機の使用許可を得たのか？」

田中がワットの肩を叩いた。彼に飛ばせない航空機はないのだ。救出作戦の米軍輸送機の順番を待っていたら、最悪撤退最終日である八月三十一日まで待たなければならないだろう。それまで空港で野宿を覚悟しなければならない。

「俺より先にネタをバラすな。ここはアフガニスタン空軍のエリアだ。航空機を置き去りにすれば、タリバンに奪われる。それなら、使って欲しいと逆に言われたよ。その代わりパイロットはこっちもちだ」

ワットはにやけた顔で言った。

「何があるかな。アフガニスタン空軍なら、An－12か、An－26、An－32もあったな。楽しみだ」

田中は両手を擦り合わせている。いずれも旧ソ連製の年季が入った輸送機である。Anは旧ソ連、現在はウクライナのアントノフ設計局を意味する。

「騒ぐな。俺からのちょっと早めのクリスマスプレゼントだ。驚くなよ」

ワットは格納庫のシャッターを開けるボタンを押した。シャッターは油が切れかかっているのか、耳障りな音を立てながら開く。仲間はシャッターの前に一列に並んだ。

「なっ」

仲間が同時に溜息を漏らした。

ブレードが外されたUH－60ブラックホークと車輪がないセスナ208が置かれていたのだ。どちらかが使えるとしても、リベンジャーズとケルベロス、それに啓吾も合わせて十五人を乗せるのは少々難しい。

「田中、両方使えるか調べてくれ」

浩志は田中の肩を叩いた。

「ムッシュ・トウドウ。セスナは私が見ます」

マットが声を掛けた。彼は小型航空機とヘリコプターのライセンスも持っているが、どちらかと言うと小型機の方が得意らしい。

「頼んだぞ」

浩志は格納庫の片隅にあるスプリングが飛び出しているソファーに座った。廃棄処分のソファーを捨てずに置いているのだろう。

「肩の傷は大丈夫ですか？」

柊真が隣りに座った。

「心配ない」

息を吐いた浩志は、大きな欠伸(あくび)をした。さすがに疲れた。というか、空港に着いて気が緩(ゆる)み、疲れていることを思い出したのだろう。

一時間後、ブラックホークにブレードが取り付けられた。セスナ２０８も、マットが米軍の格納庫から別の機種の脚部を盗み出して交換している。どちらも、最終的な点検が行われていた。

「イスラマバードのベナジル・ブット国際空港の着陸許可が得られました」

啓吾が額(ひたい)に汗を浮かべて報告した。格納庫内はうるさいので、外で電話をかけていたようだ。外務省やパキスタン政府など様々な関係各所に電話をしていたらしい。

「エンジンテストは、外でします」

辰也が倉庫の片隅にあった旧式のトーイングカーに乗って言った。ブラックホークをエプロンまで牽引するようだ。

「こっちは、燃料を満タンにすれば行けそうです」

マットがセスナ208の操縦席から声を張り上げた。

「柊真。おまえたちはセスナで先に離陸しろ。俺たちはブラックホークに乗っていく」

浩志はソファーから立ち上がり、セスナの傍に立つ柊真に言った。三十分ほど、ソファーで仮眠を取ったのだ。

「一緒に帰りましょう。セスナもブラックホークも巡航速度はたいして変わりません。それに、セスナの脚部が格納できないので速度が出ないそうです」

柊真は手に付いた機械油をボロキレで拭いながら答えた。セスナは、柊真ら四人で修理したのだ。

午後五時四十分。

ブラックホークが、リベンジャーズの十名と啓吾を乗せ、格納庫の前から発進した。ケルベロスの乗ったセスナ208は、滑走路の端で待機している。米軍の許可は得ているので、すぐ離陸するだろう。

「陸路の脱出も覚悟していましたから、助かりますね」

操縦桿を握る田中がのんびりとした口調で言った。この男にとってヘリコプターの操縦は、軽自動車を運転する程度のことなのだ。

「そうだな」

副操縦席に座っている浩志は、頷いた。ヘリコプターの操縦は、見よう見まねで離陸はできる。着陸はしたこともないが、副操縦席に乗った方が貨物室よりもスペースに余裕があるのだ。

「高度五千メートル。コースは、直線距離で三百七十キロですが、ジャララバードとペシャワールを避け、南の山脈地帯を通ります。四百キロほどの距離になりますが、一時間二十分で到着する計算です」

田中は計器を見ながら言った。タリバンは制空権を握っていないが、彼らの支配地域の都市部を避けるのだ。

——こちらヘリオス。高度五千五百メートル、ブラックホークのすぐ後ろに付けています。眺めはいいですよ。

セスナ２０８の操縦桿を握るマットからの無線が入った。浩志たちの五百メートル上空を飛んでいるようだ。

「ヘリボーイ、了解。コースは、ジャララバードとペシャワールを回避し、南の山脈地帯を抜ける」

田中は無線に答えた。

——了解。

三十分後、山脈地帯に入った。

——ヘリボーイ、ブラックホークが南南東から近付いている。

マットからの無線が入った。

「了解。ワット。敵襲に備えろ！」

浩志は機内の無線でワットに伝えた。貨物室にいるワットもヘッドホン型のヘッドセットを付けている。

——了解！

ワットからの返事。空港で米軍に一旦（いったん）武装解除されたが、独自に脱出するということで武器は返却されている。全員Ｍ４とグロック17を携帯していた。

ブラックホークがすぐ近くまで寄ってきた。

「タリバンだ！」

田中が機体を見て叫んだ。アフガニスタン空軍ならブルーの円の中に翼が描かれたラウンデル（エンブレム）が機体にあるが、緑色のペイントで塗り潰（つぶ）されている。タリバンに鹵獲（ろかく）された機体に間違いない。

ブラックホークの後部ハッチが開き、ＡＫ47を構えた民兵が現れた。

「おっとと」

苦笑した田中が、操縦桿を引いて高度を上げた。無数の金属音が響く。脚部に銃弾が当たったのだ。

宮坂とマリアノが反撃し、二人のタリバン兵を倒した。

敵機も高度を上げると、貨物室の反対側の後部ドアも開けた。

――おい、マジか。

ワットが声を上げた。民兵がRPG7を肩に担いでいるのだ。発射時に巻き起こる猛烈なバックファイヤーを、ドアを開放することで逃がそうという魂胆だろう。だが、正気とは思えない。

「頼むぜ！」

田中が声を出し、急旋回した。ロケット弾が機体のすぐ左側を通過し、落下していく。何がなんでも撃墜したいらしい。ハッカーニの差し金だろう。浩志らをまとめて殺すなら都合がいいからだ。

「宮坂。撃ち落とせ！」

浩志は大声で命じた。

「オーライ」

田中が再び旋回し、敵機の前を横切る。

宮坂とマリアノが同時に銃撃した。敵機のキャノピーに血が飛び散る。操縦士と副操縦士の頭部に命中したのだ。敵機は直後に急降下して墜落した。

――こちらバルムンク。さすがです。

柊真の弾んだ声が聞こえる。

「帰還する！」

浩志の声に、後部貨物室の仲間も歓声を上げた。

エピローグ

八月三十一日、岸防衛相は、アフガニスタンに派遣された自衛隊に帰還命令を出した。

自衛隊の輸送機は二十五日から二十七日の三日間で、パキスタンのイスラマバードとアフガニスタンのカブール間を五往復し、二十六日に米国の依頼でアフガニスタン人を十四人、二十七日に邦人一人を救出して任務を終えたのだ。

外務省は、日本人を一人救出したことで「最重要目標は達成できた」と強調した。

菅首相は九月一日に「今回のオペレーションの最大の目標というのは、邦人を保護すること。そういう意味では良かった」と自己評価している。

九月八日、午後九時五十五分。

雨降る中、浩志は傘も差さずに渋谷(しぶや)文化村の近くを歩いていた。

日本には一週間前に帰国している。

仲間はカブールをブラックホークとセスナ２０８で脱出し、途中で襲撃に遭ったものの無事にイスラマバードに到着した。そこで、フランスに帰る柊真らと米国に戻るワットらとは別れている。

リベンジャーズと啓吾は、特戦群の計らいで自衛隊の輸送機で一緒に帰国した。

浩志は雑居ビルの地下に通じる階段を下りて、クローズの札が提げられたミスティックのドアを開けた。

「ずぶ濡れじゃない」

カウンターに立つ美香が、苦笑しながらタオルを差し出した。

「たいした雨じゃなかった」

浩志は濡れた頭と顔を軽く拭くと、カウンターチェアに腰を下ろす。

「疲れた？」

美香はショットグラスに並々とターキーを注いだ。

「そうかもな」

浩志はターキーを一息で呷った。今回の任務では、帰国後もなかなか疲れが取れないのだ。作戦の結果に満足していないせいだろう。

出入口のドアが開き、背の高い男が恐る恐る顔を覗かせた。

「大丈夫だ。入ってこい」

浩志は男の顔を見て頷いた。

「失礼します」

男は浩志と美香に頭を下げると、浩志のすぐ前に立った。特戦群の直江である。話があるというので、ミスティックで午後十時と約束していたのだ。

「どうした？」

「一色二佐の墓を作っていただき、まことにありがとうございます。特戦群を代表し、お礼を申し上げます」

直江は深々と頭を下げた。どうやら、礼を言うためにわざわざ来たらしい。

「せめてもの気持ちだ。座れよ」

浩志は隣りの席を勧めた。

護国寺に近い寺に京介も含めてリベンジャーズの仲間の墓がある。これまで八人の仲間を失っているが、身寄りのない六人の墓を建てた。そこに、同じく身寄りのない一色の墓を建てた。遺体はカブールの墓地に埋めてあるが、浩志は一色の遺髪を持ち帰っていたので墓に収めたのだ。

リベンジャーズの仲間で法要は済ませた。直江に墓のことを知らせたところ、特戦群の関係者で密かに葬儀を行ったらしい。

「お飲み物は？」

美香は直江にタオルを差し出して尋ねた。彼も雨の中を歩いてきたようだ。

「藤堂さんと同じものでお願いします」

タオルを受け取った直江は、頭を下げた。

美香は二つのショットグラスにターキーを注いだ。

「こちらに伺う前に、一色さんに会ってきました」

直江はグラスを手にした。また一色の墓参りをしてきたようだ。現役の特戦群の隊員なら、駐屯地を抜けるのも大変である。

「そうか。それじゃ一色の昔話でもするか」

浩志はグラスを掲げた。

「はい」

直江はターキーを飲み干した。

浩志は小さく頷き、グラスを空けた。

一〇〇字書評

切り取り線

購買動機（新聞、雑誌名を記入するか、あるいは○をつけてください）	
□（　　　　　　　　　　）の広告を見て	
□（　　　　　　　　　　）の書評を見て	
□ 知人のすすめで	□ タイトルに惹かれて
□ カバーが良かったから	□ 内容が面白そうだから
□ 好きな作家だから	□ 好きな分野の本だから

・最近、最も感銘を受けた作品名をお書き下さい

・あなたのお好きな作家名をお書き下さい

・その他、ご要望がありましたらお書き下さい

住所	〒				
氏名		職業		年齢	
Eメール	※携帯には配信できません		新刊情報等のメール配信を 希望する・しない		

この本の感想を、編集部までお寄せいただけたらありがたく存じます。今後の企画の参考にさせていただきます。Eメールでも結構です。

いただいた「一〇〇字書評」は、新聞・雑誌等に紹介させていただくことがあります。その場合はお礼として特製図書カードを差し上げます。

前ページの原稿用紙に書評をお書きの上、切り取り、左記までお送り下さい。宛先の住所は不要です。

なお、ご記入いただいたお名前、ご住所等は、書評紹介の事前了解、謝礼のお届けのためだけに利用し、そのほかの目的のために利用することはありません。

〒一〇一－八七〇一
祥伝社文庫編集長　清水寿明
電話　〇三（三二六五）二〇八〇

祥伝社ホームページの「ブックレビュー」からも、書き込めます。

www.shodensha.co.jp/
bookreview

祥伝社文庫

邦人救出（ほうじんきゅうしゅつ） 傭兵代理店・改（ようへいだいりてん・かい）

令和 4 年 5 月20日 初版第 1 刷発行

著 者 渡辺裕之（わたなべひろゆき）

発行者 辻 浩明

発行所 祥伝社（しょうでんしゃ）

東京都千代田区神田神保町 3-3
〒101-8701
電話 03（3265）2081（販売部）
電話 03（3265）2080（編集部）
電話 03（3265）3622（業務部）
www.shodensha.co.jp

印刷所 萩原印刷

製本所 ナショナル製本

カバーフォーマットデザイン 芥 陽子

Printed in Japan ©2022, Hiroyuki Watanabe ISBN978-4-396-34807-6 C0193

祥伝社文庫の好評既刊

渡辺裕之　傭兵の召還(しょうかん)　傭兵代理店・改

リベンジャーズの一員が殺された――。復讐を誓った柊真は、捜査のため単身パリへ。鍵を握るテロリストを追え！

渡辺裕之　血路の報復　傭兵代理店・改

男たちを駆り立てたのは亡き仲間への思い。京介を狙撃した男を追って、リベンジャーズは南米へ――。

渡辺裕之　死者の復活　傭兵代理店・改

人類史上、最凶のウィルス計画を阻止せよ！　絶体絶命の危機を封じるべく精鋭の傭兵たちが立ち上がる！

渡辺裕之　怒濤(どとう)の砂漠　傭兵代理店・改

米軍極秘作戦のため、男たちはアフガンへ。道中、仲間の乗る軍用機に異常事態が……。砂塵の死闘を掻い潜れ！

渡辺裕之　紺碧(こんぺき)の死闘　傭兵代理店・改

反国家主席派の重鎮が忽然と消えた。男が触れてしまったとされる、現政権の存亡に関わる国家機密とは――。

渡辺裕之　荒原の巨塔　傭兵代理店・改

南米ギアナでフランス人女性大生の拉致事件が発生。そこには超大国の影が――闇に潜む弩級の謀略をぶっ潰せ！